許雅寧
一年的

雙語生活

提案

作者◇許雅寧

繪者◇蔡豫寧、Soupy Tang

獻給

承叡（Alex）　孟婷（Ashley）　孟瑋（Evelyn）

推荐序

讓孩子同時具備雙語能力、生活熱情和學習自信

吳敏蘭
凱斯教育機構執行長、繪本閱讀推廣人

　　如果你覺得在一個全中文的環境學習英文很難，請設想自己在全英文的環境要如何教孩子中文？

　　我和雅寧的結緣是在十年前，她看到我的故事來找我。身為外交人員子女，我的求學過程一直在不同語言、不同文化與不同學制的環境中掙扎「求生」，但是無論有多困難，媽媽總是很堅持透過閱讀與「私塾」──在家中提供中英文的學習環境，讓中文成為我們的母語，英文成為我們的生活用語，透過共讀與生活中「置入型行銷」的各種手法，讓我們三姐妹得以「雙語齊下」，並在日後的生活與工作方面自如運用中、英文。

　　雅寧帶著孩子在紐約生活二十幾年，在家中她是唯一的中文情境提供者，特別能體會我媽媽當年的心情，希

望孩子們都有雙語和跨文化的能力，因此多年來我們彼此分享語言學習的經驗。我在臺北想辦法建立孩子的英文能力，她在紐約努力建立著孩子的中文能力。雅寧帶孩子製作生活作息表，我帶孩子做清單（check list）；她帶孩子做圖畫字典（picture dictionary），我帶孩子寫圖畫日記（picture journal）。我們都希望能幫孩子們建立對語言的好感度，不強求、不背誦，不採取填鴨、考試的方式帶孩子學習，往往我們遇到的挫折與面臨的挑戰都相似，也常常彼此打氣。

　　身為教育者的雅寧，因為有語言教學的經驗與能力，更有數不盡的點子與方法，讓語言自然而然的進入生活中。她的三個孩子在美國成長，除了流利的英語，更與眾不同的是，擁有中文的聽說讀寫能力，並受到中、西文化

的薰陶。在這本書中，雅寧提供了許許多多孩子在成長階段，親子間可以嘗試的互動與交流，從經典的 crossword puzzle（填字遊戲）延伸出有趣的雙語版本，從文化體驗到科學實驗，從製作告示牌到書寫卡片和信件，在這些練習中，不僅「雙語齊下」，也是素養的建立。

　　我們家每一年都會收到雅寧寄來的耶誕卡片，雖是大人的交流，卡片上都有三個孩子的簽名和參與。雅寧暑假帶孩子回臺與我見面，返美後哥哥 Alex 寄了張卡片謝謝我們招待、細數臺灣的美好。妹妹 Ashley 回臺在凱斯實習，表現優異，讓大家讚賞不已，而她同樣寫了張卡片描述實習的收穫與感謝。透過這一張張的卡片，大家驚訝於雅寧孩子的中文程度，而我看到的，則是家庭的教養與東方文化的傳承。

雅寧這本書不只是在談如何教出雙語的孩子，更重要的是——如何在潛移默化的過程中教出對生活有熱情、與人應對有教養、對學習有自信的孩子。現在「雙語能力」已是 21 世紀孩子的必要條件，希望大家藉由此書所提供的啟發，一起和孩子建立精采的「多語」生活！

推荐序

在家中建置良好雙語環境的實用指南

林子斌
國立臺灣師範大學教授

　　自從臺灣推出雙語教育的相關政策後，雖然各方意見不盡相同，但是家長們對於學校實施雙語教學的接受與支持程度卻相當高。過去學校裡的英語教學因為在考試壓力下，過分強調學生考試表現，反而讓英語的溝通與實用本質被取代。目前在臺灣公立學校體系裡的雙語教育，正是期望透過雙語環境之建置，提供學生良好的語言溝通環境，讓國語跟英語都能成為學生日常溝通使用的語言。

　　根據我在學校現場的觀察，不難發現部分學校與教師（甚至是家長）認為雙語課程必須全英語進行，這是很常見的一個迷思。學校的雙語課程目的並非要求各學科教師將其學科教學當成英語課在進行，而是透過學校師長、同儕的雙語互動與實踐，將學校打造成一個兩種語言自然發生的雙語場域。然而，學生除了學校之外，另一個重要的

語言使用場域就是家庭，家長若期望孩子成為雙語者，家庭絕對不可缺席。但是，家長該如何為孩子建置一個優良的雙語互動環境呢？本書作者許雅寧老師以親身教養經驗搭配其學術背景，用《一年的雙語生活提案》提供 24 個在家庭內營造良好雙語環境的實用指南。書中以讓孩子安心的學習語言，並輔以正向鼓勵為最高指導原則，搭配各種語言活動、策略與跨文化體驗，為有心在家庭裡建置雙語溝通與機會的家長提供可實踐的參考。

雖然書中的情境是美國，呈現的是以英語學習環境為主，家庭內如何有效提供中文環境為輔的雙語學習過程，但是雅寧提出的基本理念、雙語活動與跨文化體驗的經驗，卻是家長們可以參考、轉化與實踐的範例：給孩子時間習慣、慢慢學，讓孩子用圖畫小字典來進行溝通，這些

與雙語教學的理念都十分契合。語言的學習需要長期而且持續的環境，若是孩子在學校、家庭中皆有雙語使用的機會，加上學校與家庭良好搭配，其語言發展更能看到成效。書中提到家長是陪伴而非教導，以及與學校教學搭配的家庭教育，都是基本卻常被忽略的概念，雅寧的提醒是家長們可以依循的基本原則。

　　雅寧以一年期間，從開學暖身、單字基礎到多元文化體驗，列出許多在家庭內可以操作的雙語練習。此外，更提出與學校教學配搭的重要性，當孩子的雙語能力可以滿足日常生活溝通需求之後，還必須更進一步的深化學科內容與語言之結合。從中文部首與英文字首、字根的搭配，可以看到雅寧作為一位母親為孩子雙語學習歷程的付出與巧思。家中 DIY「雙語告示牌」或者是具備親子溝通想法

之「雙語請願書」範本，皆讓兩種語言有實際運用的場域並發揮溝通的功能。而書中從閱讀與創作語言產出的兩個單元，雅寧提供聽說讀寫全方位的介紹。有了這本書，家長無需從零開始，只要根據書中的理念、策略與活動設計，稍加轉化便可以在家庭中建置雙語互動情境。

對於讀完全書還是有疑慮的家長，雅寧更細心的在最後用五個問題的問答方式，為家長們做出最好的解答。有了這本書的引導，家長們可以更輕鬆、更有方向的為孩子規畫家庭中的雙語互動環境。在學校與家庭相輔相成的努力下，期望我們的下一代能夠成為更有溝通能力的雙／多語者。

運用正向教養的智慧
將雙語學習落實到生活之中

「阿內，食飯。」（奶奶，吃飯）我對著客房喊，這是九歲的我唯一會說的客家話。

我的奶奶只會說客語，八十多歲的她握著手裡的木頭念珠，緩緩走出房間，隨我到飯廳，我們祖孫兩人隔桌相對，結束了一頓沒有對話的晚餐後，奶奶默默移步回房，繼續數著那一串沒有盡頭的念珠。

我忘不了那時的畫面。

這本書源自我跟孩子的中、英雙語教育紀錄，我的三個孩子是華裔第五代，從小在美國出生、長大，身邊除了我之外，很少人會說中文，但是中文是我的母語，我堅持孩子學習中文，希望他們和我、我的父母，三代之間沒有語言隔閡，不要留下遺憾。

我出生成長於臺灣，大學讀英美文學，畢業後隻身來

到美國，我在美國的第一個碩士學位是金融管理，也自修拿到美國會計師執照，成家後，在三個孩子分別是五歲、四歲、三歲時，白天全職工作之餘，晚上到哥倫比亞大學攻讀英語教學碩士和雙語教育博士，並成為美國中小學英文老師及哥倫比亞大學雙語研究所教授。

　　我對語言教學有著無法解釋的熱情和追根究柢的精神，家裡的三個孩子自然就成為我的研究對象。雖然我的先生不會中文，三個孩子的中文全靠我教授，一路走來，孩子沒上中文學校，但是他們的中文聽說讀寫能力都有相當水準，文言文、成語也難不倒他們。即使我因為工作忙碌，能夠陪伴孩子的時間有限，但是三個孩子懂事獨立，在學中文的路上自動自發，凡事認真的學習態度也讓兄妹三人都順利進入哥倫比亞大學就讀，各方面的表現都很讓我欣慰。

很多人問我：「妳家的雙語教育怎麼能這麼成功？」

扎實的學術理論基礎和多年教學經驗固然是重要原因，但是，我認為把語言學習落實到生活中才是關鍵。

在我們家三個孩子的成長過程中，英文、中文的學習和生活情境密不可分，我給孩子寫「開學祝福信」，讓孩子創作「圖畫小字典」、「雙語小字典」，玩「找字遊戲」、「填字遊戲」，也配合時令讓孩子在耶誕節時為「夢幻禮物」許願，在農曆年時寫「春聯」、學習「十二生肖」，寫「告示牌」和「便利貼」來解決生活上的小問題，寫「感謝函」和中、英、西文多語「家書」傳達感情，以及創作「系列書」等。這些簡單的活動看似微不足道，但是日積月累，就成為灌溉、滋養語言沃土的活水，也促成這本書的誕生。

　　此外，在這個過程中，我也時常提醒自己要給孩子一個溫暖的雙語學習空間，安心嘗試，放心犯錯。我在紐約成立的網路英文學校（www.hh.education）團隊的美國老師時常問我：「為什麼亞洲孩子在學習英文時有那麼多的焦慮，甚至懼怕？」除了考試導向的教育體制和教學法，家長對孩子的焦慮也是原因之一。我們很容易把焦慮的情緒帶進孩子的學習，但是帶有負面情緒的學習不會長久，反而會造成傷害。因此，我在拿到雙語教育的博士學位後，又陸續修習了心理諮商、家庭治療、兒童發展、親子關係等課程，希望透過書裡的分享，幫助爸爸媽媽減低焦慮。

　　這本書中的部分文章曾在《國語日報》發表過，本以為集結出書時只需要稍微整理即可，沒想到不但原有內容大幅修改，也加入了很多新的文稿，整整花了近一年的時

間才完成。在此，我要感謝國語日報社的瑋瑋主編，編輯庭瑋，嘉凌主任的提攜和協助。瑋瑋主編是我最敬重也最喜愛的作家林良爺爺的三女兒，林良爺爺智慧溫暖，作品親切雋永，陪伴了我的童年，我家老三孟瑋的名字就是源自「國民老三」瑋瑋的名字；編輯庭瑋細心認真、規畫詳盡，讓寫書的辛苦減至最低；嘉凌主任專業，統籌各方意見，對書本定位、行銷給了很大的幫助；畫家豫寧的插圖還原了紐約家中的擺設，讓整本書更溫馨親切，當然還有借助國語日報出版中心所有同仁的協助，這本書才得以問世。

這本書緣起於我帶領孩子學習語言的歷程，所有的「雙語生活提案」都經過親身實驗，這些學習方法簡單卻實用，每位父母都能輕鬆上手。這本書的重點雖然在雙語教育，但是也加入了我對心理學、親子關係的見解，希望這

本書能夠產生拋磚引玉的作用，讓每個家庭都可以創造輕鬆溫暖的雙語環境，成就孩子的語言能力，享受孩子的成長，創作自己的雙語生活提案，留下溫馨的家庭回憶。

　　祝福大家在雙語生活的旅程中，有滿滿的幸福，滿滿的收穫。

雅寧

2022.7.13 寫於紐約

Contents

PART ① 開學暖身篇

PART ② 單字基礎篇

PART ③ 多元文化篇

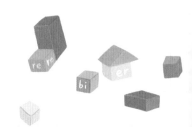

PART 1

開學暖身篇

開學啦！過完暑假，看著孩子又長高了一些，穿戴整齊、背著書包，準備回到校園，爸爸媽媽心裡一定都很欣慰。

心理學有一個理論：正面的情緒能讓人覺得全世界都在對我們微笑，讓我們心情愉悅，做起事來順利輕鬆。所以，我很鼓勵爸爸媽媽在新學年的開始，寫一張英文祝福小卡片，送上對孩子的鼓勵，讓一切美好、充滿希望。

除此之外，孩子要在學習上收穫滿滿，學習自律及時間管理是很重要的，擬定「生活作習表」可以幫助孩子規畫時間；這項活動也可以結合雙語學習——試著用英文寫下當天預計要完成的事項，讓語言的運用更貼近日常生活。

九月分的文章收錄了大女兒咪咪和我之間的「新學期祝福信」和小女兒文文的「生活作習表」，邀請爸爸媽媽大聲表達對孩子的愛，也引導孩子學習時間管理。

祝福爸爸媽媽與孩子在未來一年的雙語生活中，每一天都充實、愉快！

九月
給孩子的開學祝福信

　　我的三個孩子 Alex（余承叡，小名寶寶）、Ashley（余孟婷，小名咪咪）、Evelyn（余孟瑋，小名文文）分別出生於西元 1999年、2001 年、2002 年，他們三人就讀的小學就位在魔幻瑰麗的紐約曼哈頓島上。曼哈頓島三面環水，東邊是東河，西邊是哈德遜河，兩條河在南邊交會，手牽手波光粼粼的流向大西洋。學校面對東河，河水有魔法，讓孩子每天歡喜來河畔上課，依偎著潺潺流水慢慢長大。

　　九月下旬，剛開學三週，學校舉辦 Curriculum Night（課程介紹夜）的活動，由老師為爸爸媽媽介紹孩子接下來一年的課程。踏進老二咪咪的教室，看見教室裡坐滿了不同族裔的家長，可以感受到孩子平時就在這充滿多元文化的環境中成長，正反映了學校名字──「United Nations International School」（聯合國國際學校）所傳達的特色。

　　我找到女兒的位子，桌子上放了一張信紙：

Dear Mom and Dad:

M2* -04 is a very fun class. In M2-04 (core**), we learned about Shakespeare. We performed a play that Shakespeare wrote on Julius Caesar. We also studied about Julius Caesar in class. Sometimes, after school, our teacher, Mrs.Vaslow gives us chocolate. All the kids in my class are nice. There are three new students in my class. The*** all are nice as well. I think M2-04 is a great class to be in.

from Ashley

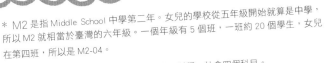

* M2 是指 Middle School 中學第二年。女兒的學校從五年級開始就算是中學，所以 M2 就相當於臺灣的六年級。一個年級有 5 個班，一班約 20 個學生，女兒在第四班，所以是 M2-04。

** core 的意思是主科，代表英文、數學、科學、社會四個科目。

*** 在咪咪的原始信件中，因筆誤而寫了 The，實際上應該是 They。

我把女兒的英文信翻成中文：

> 親愛的媽媽和爸爸：
>
> M2-04真好玩！我們在主科學到了莎士比亞的「凱撒大帝」，我們在課堂上讀了劇本，還演了裡面的情節。有時候，我們的老師 Mrs. Vaslow 會在下課後請大家吃巧克力。班上同學都很友善，今年有三個新同學，他們人也都很好。我覺得 M2-04 真是個很棒的班級。
>
> Ashley

　　閱讀咪咪的信，我不禁會心一笑。莎士比亞的英文劇本對十一歲的孩子來說就像是文言文一樣的拗口，所以，老師就用演戲的方法讓這群孩子了解凱撒大帝的戲劇人生。老師有時候還會請孩子吃巧克力，難怪女兒說上學好好玩！這所學校有很多各國外交官和聯合國職員的孩子，每年都有轉學生隨爸爸媽媽的調任來到紐約，孩子們對轉學生都很好奇，看來女兒也不例外。

　　我一直全職工作，在孩子身上花的心力實在不算多，很高興能透過這樣的方式，對孩子的學校生活有更多了解。

　　教室裡的爸爸媽媽也都帶著微笑，開心讀著孩子寫的信，原來，這封信是老師 Mrs. Vaslow 的設計──老師要孩子寫一封信送給爸爸媽媽，桌上還有一張白紙讓爸爸媽媽回信給孩子，當作孩子隔天的禮物。

　　讀完女兒的英文信，老師的課程介紹馬上要開始了，我趕快動筆回信給女兒：

> 親愛的咪咪：
>
> 有你真好！媽媽很喜歡你。你畫的圖很好看，字也很漂亮，你總是能看到別人沒有注意到的事情。謝謝你幫媽媽照顧文文！
>
> 　　　　　　　　　　　愛你的媽媽

　　我的三個孩子都在美國出生長大，他們沒有上中文學校，我的先生也不會中文，所以，我和他們的日常對話、簡訊、書信都使用中文，盡可能讓他們沉浸在雙語的環境中。這兩封分別以英文和中文寫成的信件，就是我們多年來實踐「雙語生活」的見證。

我很感謝 Mrs. Vaslow 老師當年的貼心，讓我有機會在學年的開始，送上對女兒的愛與祝福，肯定她的優點，並表達我對她照顧妹妹（文文）的感謝。

每個學期都是新的開始，孩子有期待也有不安，如果爸爸媽媽能在這時給孩子充滿正能量的鼓勵和讚美，那麼，孩子在面對新的環境時，一定會信心滿滿、勇氣倍增！

因此，我推荐給親子的第一個「雙語生活提案」是請爸爸媽媽為孩子寫一封「開學祝福信」，大聲說出孩子的優點，給孩子滿滿的能量，也希望透過這短短的「祝福信」，邀請孩子和爸爸媽媽邁出雙語生活的第一步！

正能量的鼓勵是祝福信的重點，心理學有很多研究證明正面的鼓勵能夠激發孩子的學習動機，簡單有力的「爸爸媽媽相信你！」「希望你收穫滿滿！」「永遠愛你，加油哦！」都是讓孩子信心滿滿的來源。

Sept. 11 2012

Dear Mom and dad:

M2-04 is a very fun class. In M2-04 (core), we learned about shakespare. We peformed a play that shakespare wrote on Julius Ceasar. We also studied about Julius Ceasar in class. Sometimes, after school our teacher, Mrs. Vastou gives us chocolate. All the kids in my class are nice. There are three new student in my class. The all are nice as well. I think M2-04 is a groat class to be in.

from Ashley

親愛的 咪咪：

　　有你真好，媽媽很喜歡你。你畫的圖很好看，字也很漂亮，你總是能看到別人沒有注意的事情。謝謝妳幫媽媽照顧弟弟！

愛你的媽媽

大女兒咪咪六年級開學時寫給我的信，介紹學校生活。
我也回信給她，給予正面的鼓勵。

●────── 英文開學祝福信 DIY！ ──────●

我為忙碌的爸爸媽媽準備了一封英文「開學祝福信」範本，信的最後，也別忘記加上一句「爸爸媽媽愛你！」，讓一整年甜甜蜜蜜！

Dear _____(child's name)

Mommy and Daddy want to wish you a great semester! You have grown to be a _____ , _____ , and _____ child. We are so proud of your growth!

We hope that you will continue to enjoy your school this year. We know that you particularly like _____ , _____ and _____ . We hope that you will also try _____ , _____ and _____ .

Have a great semester! We love you very much!
xoxo*

Mommy and Daddy

hard-working, responsible, sweet, thoughtful, respectful, creative, kind, friendly, etc.

math, Chinese, English, reading, writing, social studies, science, legos, arts, music, dance, theater, PE, swimming, badminton, running, etc.

＊ XOXO 的意思請參考本書 P.137。

我也把這封信翻譯成中文：

親愛的 _____（底線處可寫上孩子的名字）

　　爸爸媽媽要祝你有個愉快的學期！你已經成長為一個
_____ 、_____ 和 _____ 的孩子。 我們為你的成
長感到非常驕傲！

　　我們希望你今年繼續享受學習的樂趣。我們知道你特
別喜歡 _____ 、_____ 和 _____。我們希望你也
嘗試 _____ 、_____ 和 _____。

　　祝你有一個開心、收穫滿滿的學期！我們很愛你！
xoxo

　　　　　　　　　　　　　　　　　　媽媽和爸爸

刷黃底線處可寫上孩子的優點，例如：勤奮、負責、貼心、體貼、
懂得尊重別人、有創意、善良、對人親切友好等。

刷綠底線處可寫上各種學習或活動項目，例如：數學、中文、英
語、閱讀、寫作、社會科、自然科學、樂高積木、藝術、音樂、
舞蹈、戲劇、體育課、游泳、羽毛球、跑步等。

九月
不完美的生活作息表

「媽媽，我今天要做什麼？」七歲的小女兒文文用稚嫩的童音問我。

美國小學功課不多，三個孩子的童年是一屋子的中英文書、蠟筆、積木、畫紙、色筆、玩具，他們有著慢活的童年。到了週末，時間更顯悠長。

「妳想做什麼呢？」我把問題拋回去給文文。

文文想了想：「我要跟姐姐玩。」

「好啊，聽起來很不錯，你想玩一整天嗎？」

文文的小腦袋又想了一想：「不用一整天。」

「喔，那還想做什麼？」

文文掰著短短肉肉的手指一個一個數：「還要吃點心、做功課、練小提琴……」

「哇，還蠻多的！那我們來做一張今天的時間計畫表好嗎？」

「好！」文文從抽屜拿出她最喜歡的粉彩色紙，她用英文寫下日期，很認真的規畫她的星期六：

Saturday 2/28/09

☑ wake up　起 ㄔㄨㄤˊ

☑ work　工 ㄗㄨˋ

☑ play　玩

☑ breakfast　早 ㄘㄢ

☑ change　ㄏㄨㄢˋ 衣 ㄈㄨ

☑ piano-violin　小 ㄊㄧˊㄑㄧㄣˊ 和 ㄍㄨㄥ ㄑㄧㄣˊ

☐ chinese work　中文功課

☐ play　玩

☐ desert*　ㄉㄧㄢˇ 心

☐ chinese* work　中文功課

☐ diner*　ㄨㄢˇ 飯

☐ T.V*　ㄉㄧㄢˋ ㄕˋ

☐ bedtime　ㄕㄨㄟˋ ㄐㄧㄠˋ

---

* 在這張生活作息表上，文文的大小寫、英文拼字和標點符號並不完全正確，例如 chinese 的
　c 應該是大寫，點心應該是 dessert，晚飯應該是 dinner，電視則可用 T. V. 或 TV 表示。

　　「早上起床之後我要練習數學，然後跟姐姐玩，接下來我要媽媽幫我做早餐，早餐我要吃鬆餅、炒蛋、喝牛奶，吃完了以後，我想換公主衣服……」然後她又給自己分配了鋼琴、小提琴、中文功課、吃點心、玩、吃飯和看電視的時間。

　　從她自己擬的時間計畫表來看，七歲的文文似乎已經領悟到「work-life balance」（工作與生活的平衡）這個道理，她把寫功課、練習樂器和吃喝玩樂都安排進來，完成後還打個勾，表示目標完成。雖然文文「認真奮發很上進」，但是看打勾的數量，就知道小女孩只有半天的雄心壯志，完全高估了自己的能力。即使如此，每一個勾勾都是她對自己負責任的表現，也給了她繼續完成下一項任務的動力。

　　雖然英文是文文的母語，這張生活計畫表上的英文也不是完全正確，例如：她把 dinner（晚餐）拼成 diner（用餐的人、小餐館），dessert（點心）拼成 desert（沙漠），chinese 的「c」沒有大寫。**以英語發展理論來說，「拼字錯誤」在學術上稱為「inventive spelling」（創意拼字），是學習英語過程中必經且重要的階段。**

　　當孩子「拼錯字」的時候，美國老師的標準做法是把正確的拼字告訴孩子，但是不會要孩子「好好訂正 20 次」，因為這個階段的孩子還在摸索拼字的規則，所以會不斷的嘗試各種拼字組合。經歷探索和歸納的過程，孩子一旦領悟了拼字的原則，以後學單字就不用強記死背了。

　　這個「試誤」階段從孩子開始學習英文字母開始，會持續到小學中年級左右。如果一開始就要求孩子拼字正確完美，不但會嚇到孩子，更會剝奪他們學習單字的黃金時機，影響學習英文的成效，甚至造成孩子學習英文的障礙和創傷。

　　在中文表達方面，文文混合使用中文字和注音符號，例如：晚飯的「晚」、「電視」和點心的「點」都用注音。如果是以中文為母語的七歲孩子或許已經會寫這些字了，而以英文為母語的文文還不會，所以她用了注音符號，這完全符合語言學習發展的表現，因此我沒有要求文文「把這些中文字都好好學起來」，更何況，我的重點是讓文文學習自律、懂得安排時間，並且樂意主動使用中英文。爸爸媽媽要記得「萬物皆有時」，為孩子保留放心探索語言的空間，不用時時要求孩子完美演出呵。

　　文文滿心歡喜的規畫了自己的星期六，雖然她的語言能力還在發展中，計畫的事情也只完成一半，但是七歲的她有著滿滿的成就感和幸福感，而這兩種感受是家庭雙語活動最重要的元素。如果我把這些活動變成硬邦邦的教學活動，讓孩子訂正生詞、檢視進度，還不忘「嚴加管教」，下次再要她寫時間計畫表的時候，她一定會非常排斥。所以，不論是中英文的應用或是時間規畫，爸爸媽媽都要記得多多鼓勵孩子唷。

　　新學期開始時，正是引導孩子學習時間管理的好時機，因此「一份不完美的生活作息表」是我推荐給親子的第二個「雙語生活提案」，把語言學習和孩子的生活安排做結合，在培養自律、時間管理習慣的同時，也能練習雙語的運用！

生活作習表能培養孩子的責任感、主動性、成就感。幫助孩子規畫生活作習表時，必須先跟孩子討論，讓孩子自己先思考消化；另外，作息表的設計要有彈性且實際可行，這樣計畫表才有效果。

—— 英文生活作息表 DIY！——

孩子如果還小，爸爸媽媽可以直接跟孩子口頭討論「今天想做些什麼事情？」年紀大一點的孩子可以利用下方的空白計畫表，並參考右頁的常用單字，自己練習訂定作習表呵。

☐ wake up
☐ change clothes

☐
☐

☐
☐

☐
☐

☐
☐

☐
☐

生活作息表常用單字

wake up 起床
breakfast 早餐
change clothes 換衣服
do homework 寫功課
lunch 中餐
nap time 午覺
play 玩
snack 點心
break 休息
dinner 晚餐
bath 洗澡
bedtime 睡覺

practice musical instruments 練習樂器
piano, violin, cello, flute, trumpet, drum, etc.
鋼琴、小提琴、大提琴、笛子、喇叭、鼓等

sports 運動
baseball, soccer, basketball, badminton, swimming, jogging, etc.
棒球、足球、籃球、羽毛球、游泳、跑步等

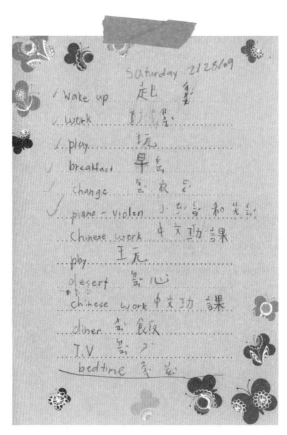

小女兒文文七歲時做的「生活作息表」。

單字基礎篇

字彙是語言的基礎。但是,當我們回憶起學習英文的歷程,最感枯燥乏味的部分往往就是背單字──好不容易才背起來的單字,沒幾天又忘記了,只好再重新背,一次次的抄寫和死記硬背真的很痛苦。

如果孩子不喜歡背單字,英文要如何學得好?
單字到底要怎麼學才有效?

學單字其實也可以很有趣。我在美國教育界任職多年,發現許多老師在單字教學上都充滿創意,我在引導自己孩子學習時,便設計了許多創意教學遊戲,不但激起孩子對單字的興趣及主動學習的意願,三個孩子還爭相學習,效果非常好!

十月和十一月分的「雙語生活提案」聚焦在字彙學習上,不管是英文、中文或其他語言,只要方法對,都可以讓孩子開心學單字,主動從生活中認識新詞彙!

十月
圖畫小字典

「哥哥，你要不要一起來做『圖畫字典』？」七歲的咪咪在廚房對臥室裡的老大 Alex 喊著。

家裡三個孩子都有自己的書桌，但是三個人還是喜歡用廚房裡的大桌一起看書、做勞作、寫功課。美國的廚房是全家人的生活中心，所以在裝潢時通常很注重廚房的設計。我們家裡的開放式廚房採光明亮又寬敞，有著乳白色壁櫥、造型復古的水龍頭，還有兩盞古銅吊燈散發溫暖的黃光，襯托出自在浪漫的法式鄉村風格。三個孩子小的時候，廚房擺了張小小孩專用的粉彩矮桌和小木椅，孩子大了後，換成一張造型古樸的原木大桌，這就是他們寫功課的地方，也是家裡情感凝聚的中心。

咪咪邀請哥哥一起做的「圖畫字典」源自美國小學低年級生常用的圖畫字典──寫得密密麻麻、需要放大鏡才能看清楚的「大人字典」不會出現在教室裡。「大人字典」太認真，除了細數從古英文、中世紀英文，到現代英文的來源和演變，又介紹法文、拉丁文、日耳曼語這些英文的各房親戚，這樣的字典只會讓孩子頭昏眼花，另外，「大人字典」裡的例句也超出孩子的生活經驗，對孩子並不合適。所以，美國的老師會讓孩子使用圖畫字

典，透過圖案來認識單字，我很贊同美國老師的想法，也更進一步，讓家裡的三個孩子自己編圖畫字典。

傳統「英漢」、「漢英」字典都是列出單字，再加上對應的中英文翻譯解釋；**圖畫字典則跳過「翻譯」的過程，讓孩子能「一看到圖便想到單字」，這個小細節看起來微不足道，其實大有學問。**拿「star」這個英文單字為例：英漢字典中的「star」譯成「星星」，所以，我們看到「star」這個字的第一個反應就會是中文字「星星」，腦筋要先從英文轉換成中文，然後大腦才能把中文字「星」和天上的星星做連結；反過來說，如果不透過中文翻譯，只是在「star」旁畫一個星星，孩子看到「star」這個字時，大腦立刻會浮現滿天星星，跳過了曲曲折折的「腦內翻譯」過程，學單字當然更直接更有效！

女兒咪咪所做的中文版圖畫小字典，寫了「山水」、「星星」、「月亮」、「樹木」、「ㄊㄨㄛ鞋」、「眼ㄐㄧㄥ」等詞，還有她手繪的可愛圖案。在美國長大的咪咪，更熟悉英文，遇到不會寫的中文字，我不要求她一定要正確的寫出來，而是讓她使用注音符號代替，這

咪咪的中文圖畫小字典。

樣可以鼓勵她使用中文，和中文做一輩子的好朋友。咪咪的圖畫字典還有以顏色為主題的章節：一抹紅色，底下便寫了「紅色」，而「藍色」的旁邊直接塗著一筆天藍，省掉了耗時費力的文字翻譯過程——從母語「red」轉換成第二語言「紅色」。

女兒小時愛畫畫，我特地買了中文卡通圖案教學書，讓女兒畫個過癮，她可以在廚房的大木桌上一頁接著一頁畫，一下畫中文字典，一下寫英文字典，就這樣，在柔黃的燈光下，把中文和英文都學好了！

爸爸媽媽可能會想問：圖畫字典是否需要要求字彙正確呢？其實，自己編寫字典，目的是讓孩子主動親近語言、認識新詞彙，所以，即使孩子的英文字沒有拼正確，或者中文部分只用注音符號來呈現，都沒關係。

生活中充滿了學習語言的機會和素材，請爸爸媽媽鼓勵孩子當「單字小偵探」，在日常生活中收集單字，編寫自己的小字典，好玩又有效！

圖畫字典 DIY！

圖畫字典的做法簡單，我非常推荐讓孩子自由創作。圖畫字典可以按照「種類」來編排，比如顏色、植物、動物、學校、家裡、運動、職業等。請孩子從生活周遭的物品和經驗找起，把物件畫在本子上，並於一旁寫下英文，之後可以擴大建立不同種類的單字庫，慢慢編寫出屬於自己的英文圖畫字典！

十月
雙語小字典

　　「媽媽，g 開頭的字還有哪些？」讀小學二年級的女兒咪咪才剛踏進家門就嚷嚷著。

　　原來是她的老師 Ms. Tracy Turner 出了一項功課——要孩子當「文字小偵探」，在生活中收集生字，做成自己的小字典。臺灣小學的班導師通常會帶同一班學生兩年，而美國小學部的老師只教一個年級，Ms. Turner 是咪咪和老三文文的二年級老師；我覺得美國的做法在教學上也許更細緻，但是臺灣的做法讓老師有機會陪伴孩子更久，也更能夠具體看到學生的成長，兩種制度各有特色。

　　Ms. Turner 的個性隨和親切，總是帶著溫暖的笑容，在教學方面也非常專業認真，因此很受爸爸媽媽還有孩子的喜歡。Ms. Turner 和孩子的關係好到文文會直接喊她「Tracy! Tracy!」，而 Ms. Turner 一點也不介意，總是笑呵呵的回應：「Yes, Evelyn ？」每週五，Ms. Turner 會給家長寫一封信，分享該週的教學活動和課堂趣事，這週的信就提到了讓孩子編輯自己的小字典。

　　咪咪之前已經做過「圖畫小字典」，Ms. Turner 安排功課的時機剛好，是「文字字典」上場的時候了！Ms. Turner 發給每個孩子一本按照英文字母 A 到 Z 排列的小本子，並在左頁提供了二年級學生已經熟悉的單字作為示範，例如 g 開頭的字有「game」、「get」、「go」、「give」、「glad」、「goes」、「going」……小本子的右邊則是空白頁，讓孩子自己找 g 開頭的單字填上。

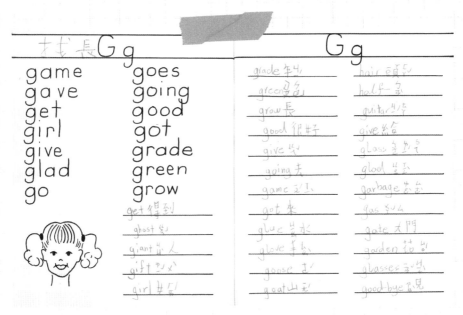

找長 Gg		Gg	
game	goes	grade 年級	hair 頭髮
gave	going	green 綠色	half 一半
get	good	grow 長	guitar 吉他
girl	got	good 很好	give 給
give	grade	give 給	glass 玻璃杯
glad	green	going 去	glad 高興
go	grow	game 遊戲	garbage 垃圾
	get 得到	got 來	gas 瓦斯
	ghost 鬼	glue 膠水	gate 大門
	giant 巨人	glove 手套	garden 花園
	gift 禮物	goose 鵝	glasses 眼鏡
	girl 女孩	goat 山羊	good-bye 再見

咪咪的的雙語小字典中，g 開頭的單字。

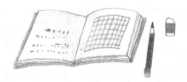

　　咪咪在家裡到處「找字」，她先從「景」和「物」著手：看到花園，她眼睛一亮，喊道「garden（花園）！」，花園裡的花花草草又讓她大叫「green（綠色）！」，廚房的「gas」（瓦斯爐）、「garbage」（垃圾）也被她點名，一路點到「gate」（大門），然後她轉移目標，在自己的房間找到「glue」（膠水）、「glove」（手套）和「glasses」（眼鏡）。

　　接著，她搬出了一堆書來，坐在地上認真的翻閱，果然找到「ghost」（鬼）、「goat」（山羊）、「goose」（鵝）、「giant」（巨人）這些字。咪咪興奮的把每一個字寫進小本子裡，還把老師給過的「girl」、「grade」、「get」、「green」又寫了一遍。女兒寫完英文之後，我請她在英文字旁寫上中文：「get」是「得到」，「ghost」和「gift」的中文字不會寫，就寫注音符號「ㄍㄨˇ」和「ㄌㄧˋ ㄨˋ」，還有注音符號和中文字的合體：「giant」（ㄐㄩˋ人）、「girl」（女ㄏㄞˊ）、「grade」（年ㄐㄧˊ）等，這就成了一本英文、中文和注音符號的「三位一體小字典」！

　　這個好玩的功課持續了好幾個星期，女兒像個小偵探一樣到處找字。Ms. Turner 的小字典作業給了我「中文小字典」的靈感。我拿了一本小本子，在邊緣貼上便利貼，請孩子用注音符號做排序分類，從ㄅ一路排到ㄦ。

　　這次的文字小偵探是老大 Alex，他在「ㄅ」開頭的詞彙中找到了「表示」、「餅店」、「畢業」、「班上」、「不同」、「白雲」、「白米」、「扮家家」、「不停變換」，甚至出現了鹿港的「半邊井」──孩子雖然在美國成長，但是我用臺灣小學教材讓他們學中文，所以孩子知道「半邊井」這個詞彙。

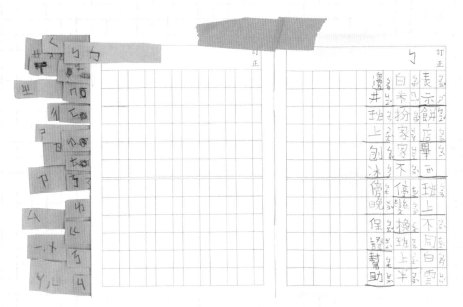

Alex 用ㄅ、ㄆ、ㄇ⋯⋯來排序的中文字典。

　　讓孩子自己製作小字典，輕鬆有趣又能增加詞彙量，不論是用英文字母或是注音符號分類，都很方便孩子隨手記錄，查詢起來也簡單。找到新的詞彙，寫進自己的字典，對孩子來説就像獲得一份小禮物，把這些「禮物」分門別類的收藏起來，格外有成就感。全家人還可以一起編「家庭字典」，分享彼此找到的單字，不只學語言，還能留下家庭生活的溫暖回憶！

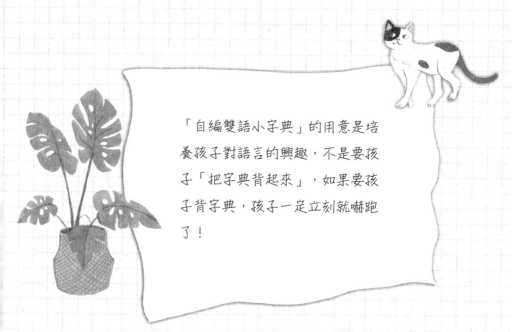

「自編雙語小字典」的用意是培養孩子對語言的興趣，不是要孩子「把字典背起來」，如果要孩子背字典，孩子一定立刻就嚇跑了！

雙語小字典 DIY！

　　要如何著手製作自己的雙語小字典呢？先準備一本筆記本，翻開第一頁，貼上寫了字母 A 的標籤紙，在第二頁貼上寫有字母 B 的標籤紙……依此類推貼到 Z；接下來，只要把新找到的英文單字，按照開頭字母歸類到小字典裡，並寫上中文，慢慢的累積詞彙量，就能創造出屬於自己的雙語字典咯！

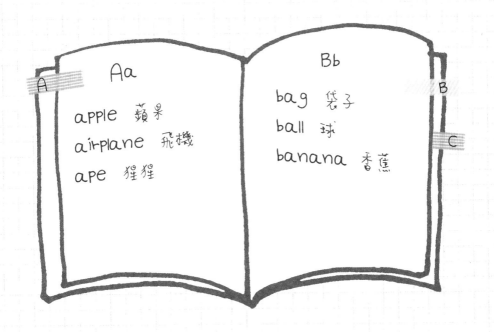

十一月
英文找字遊戲

「Wordle」是一款在 2021 年底爆紅的線上字謎遊戲，開發者是一名南威爾斯的軟體工程師，最初他設計這個遊戲只是覺得好玩，沒想到竟大受歡迎，不但在全球社群媒體掀起熱潮，更於 2022 年被《紐約時報》收購。

其實，早在手機還沒全面占據人類生活的時代，紐約地鐵上的乘客就喜歡拿著一支筆在一疊報紙上塗塗改改玩「Crossword Puzzle」（填字遊戲）。紐約客喜歡利用冗長單調的通勤時間與填字遊戲鬥智，一拿起筆，就會有「不把字揪出來不甘心」的癮頭。我想，不論時代如何變化，字謎遊戲永遠有粉絲，只是媒介從紙張變成網路罷了，所以，當《紐約時報》買下 Wordle，紐約客都會心一笑，覺得再適合不過了。

「填字遊戲」對孩子來說比較困難，我們留待下一篇再介紹，類似的文字遊戲還有「找字遊戲」。英文「找字遊戲」的玩法很簡單：從看似亂碼的字母表中，找到拼法正確的詞彙就可以。詞彙的排列方向可以是縱向、橫向、斜向，正向或反向，另外，不同詞彙的字母可以共用。

先讓我們來玩玩看吧！

英文找字小偵探

請從字母表中找出本頁最下方的 10 個詞彙並圈起來：

```
D  N  E  I  R  F  H  L
S  Y  F  W  H  S  E  O
X  P  P  U  I  L  K  O
S  K  Y  L  N  E  A  H
V  I  G  M  P  G  C  C
Z  N  A  B  V  O  N  S
E  T  E  A  C  H  E  R
H  E  S  E  N  I  H  C
```

cake（蛋糕）　　　lego（樂高）

Chinese（中文）　math（數學）

English（英文）　school（學校）

friend（朋友）　　teacher（老師）

fun（樂趣）　　　sky（天空）

*解答請見 P.58

在我們家，三個孩子每人設計一份「找字遊戲」，每次就有三份題目，三個人設計的「找字遊戲」都不同，只要互相交換作答經，過幾輪遊戲，三個人詞彙量大增！

兒子 Alex 在九歲時設計了中文版本的「找字遊戲」，其中的單字就來自他平常大量閱讀的書籍。兒子當年話多又調皮，一天到晚被老師要求安靜上課，雖然如此，他非常喜歡看書。每晚我們坐在床上依偎著對方，他總是用胖胖短短的手指戳著書，說：「媽媽念！」Alex 的「找字遊戲」中，寫到的傑克、獨角獸、仙女、豆苗、老鷹、皇帝、金山、銀山等詞語，就來自他平時閱讀的素材。大功告成後，就讓兩個妹妹去解謎！

讓孩子們自己創作「找字遊戲」，解開謎題產生的成就感會讓孩子更想玩，對字謎遊戲投入越多，字彙量也在無形之中累積得更多了！下次帶孩子出門用餐，或者搭乘長途交通工具時，爸爸媽媽如果擔心孩子無聊、坐不住，就可以準備一張紙、一支筆，這樣一來，等待的時間就不再漫長枯燥，孩子說不定還嫌時間不夠呢！

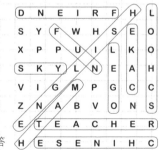

*P.57「英文找字小偵探」解答

　　網路上也有很多免費的英文「找字遊戲」網站，例如 The Word Search（https://thewordsearch.com/maker/），或者 Word Search Puzzle （https://puzzlemaker.discoveryeducation.com/word-search）。只要輸入英文單字，電腦就會幫你排列組合，立刻變出一張「找字遊戲」，非常方便。但我還是鼓勵孩子自己製作「找字遊戲」，因為出題目的過程就是學習單字的另一種方法。

兒子 Alex 設計的中文「找字遊戲」。

英文找字遊戲 DIY ！

「找字遊戲」是不是讓人欲罷不能，想繼續玩下去呢？爸爸媽媽可以請孩子自己設計「找字遊戲」，步驟如下：

1. 準備一張白紙和一支筆。

2. 在紙的上半部分畫出 10x10 的方格。

3. 讓孩子選擇數個自己喜歡的詞彙，寫在方格下方，例如：

e									
	l								
		e							
		p							
		h							
		o	r	a	n	g	e		
					n				
					t				

4. 把所有詞彙填進格子裡，單字可以橫向、縱向、斜向，順
   向或者是反向排列，不同詞彙中的字母可以共用。

5. 如果還有空白格子，可隨意填上字母。

6. 出題完成後，和家人、朋友交換題目玩，解題的成就感更
   加乘！

讓孩子自己「出題」玩找字遊戲，
一方面能減輕爸爸媽媽的負擔，在
學習方面，孩子自己選的字其實是
最接近他們生活經驗，也最有可能
進入「長期記憶」的字，這樣學詞
彙最有效！

雙語填字遊戲

　　上一篇文章中提到的「Crossword Puzzle」（填字遊戲）比「找字遊戲」更需要動腦筋，因為「找字遊戲」不需要知道字的寫法，只要有耐心，眼睛銳利一些，就能把所有的字找出來。相較之下，玩「填字遊戲」不但必須知道單字的正確拼法，還要知道字的意思才能作答。

　　有些「填字遊戲」設計得很困難，專門滿足喜歡鑽研艱澀冷僻詞彙的人，解題過程燒腦，但是揭開謎底的瞬間，樂趣爆表，難怪「填字遊戲」到現在還是受到很多人的歡迎。

　　通常，「大人版」的英文填字遊戲，會用「文字解釋」作為單字的提示，對孩子來說比較困難；「小孩版」的填字遊戲，雖然同樣必須正確的拼寫出單字才能作答，但是提示部分就可以用圖像來代替。

　　先讓我們來玩玩看右頁的填字遊戲吧──請孩子依照編號1-4的圖案，把相對應的英文單字填寫到「橫排」的空白表格中；接著，把圖像 a 和 b 代表的英文單字，填寫到「直排」的表格中，就完成簡單版的填字遊戲啦！

英文填字遊戲

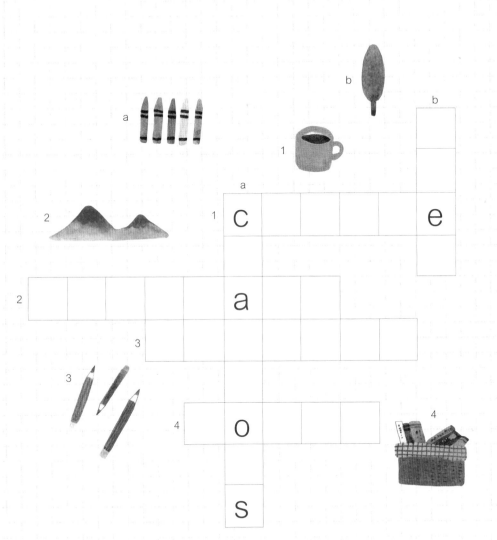

孩子小的時候，星期六下午是我們的「中文私塾時間」。

當年七歲的咪咪問：「媽媽，今天的中文課要上什麼？」

我反問她：「妳想學什麼？」

咪咪想了想：「做填字遊戲好了！ crossword puzzle!」

我繼續把球扔給她：「好啊！妳要怎麼做呢？」

咪咪：「我可以做一個中文和英文合起來的填字遊戲。」

咪咪翻了翻臺灣的小學課本，看著課本念念有詞：

「天空，天空，天空，啊！我知道了，可以接空氣！」，

「氣氣氣氣，啊！氣球！」，

「球球球球，球拍！」

咪咪就這樣自己玩起了文字接龍……接著，我請她把找到的詞語，填進 10x10 的方格中，詞語中只要是相同的中文字都可以共用。為了「能用更厲害的字」，咪咪還拿出一本兒童中文字典，一個字一個字的查，找到適合的字就興奮的填進格子裡，一步一步的完成填字遊戲的中文部分，最後，再根據直向、橫向兩大類分別標示序號。

中文填好了，咪咪開始在方格底下寫出填字遊戲的英文提示：「sky」（天空），「balloon」（氣球），「clap hands」（拍手），「palm」（手掌），「outside」（外面）……

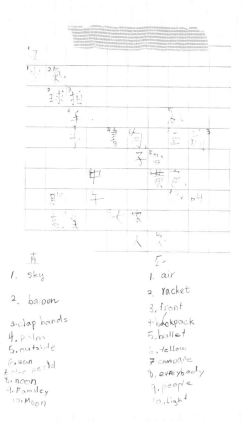

2008
孟婷

直

1. sky

2. baloon

3. clap hands
4. palm
5. outside
6. sun
7. woodpecker
8. noon
9. Family
10. Moon

左

1. air

2. racket

3. front

4. backpack
5. bullet
6. yellow
7. compare
8. everybody
9. people
10. light

咪咪設計的「雙語填字遊戲」。

最後，咪咪已經江郎才盡，沒有完全把這個填字遊戲設計完，而「色筆」後面接上的「ㄅㄧˋ較」，「筆」和「ㄅㄧˋ」讀音相同，字卻不同，嚴格來說不算正確，不過，一個七歲的孩子在全英語的環境之下，自製了這個中英雙語的填字遊戲已經非常不容易了，我也不想掃興去糾正她。

孩子在美國成長，英文是他們的母語，但是，這不代表他們通曉所有的英文字，如果遇到不確定的英文字，她還是會咚咚咚的跑來問我，或是自己查英文字典。最後，咪咪終於完成了謎底是中文、提示是英文的「雙語填字遊戲」。

從咪咪做的填字遊戲中，可以看到中文是以每個「字」連接：天「空」可以接到「空」氣，空「氣」可以接到「氣」球，這些字都有各自的意義。但是，英文是以「字母」連接每個不同的字，例如：一個橫向的「apple」（蘋果），第一個字母「a」可以變成縱向的「alligator」（鱷魚），這個連接點只是一個字母，字母本身沒有意義。藉由「填字遊戲」，她不僅學到中文和英文詞彙，也能比較兩種語言的差異。

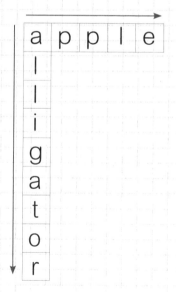

　　填字遊戲的活動在我們家持續了好幾年，也演變成家庭旅行時的「車上文字接龍」，聽他們三個人在後座「空氣」、「氣球」、「球拍」、「拍手」、「手套」的玩接龍，更讓我相信語言要學得好，一定要有趣、有方法！

孩子在創作自己的「填字遊戲」時，也會接觸到沒學過的字，這些字會在大腦留下印象，成為日後語言的基礎。無心插柳柳成蔭，所以，不要小看簡單的填字遊戲呵！

●———— 雙語填字遊戲 DIY！————●

1. 準備一張白紙和一支筆。

2. 在紙的上半部分畫出 10x10 的方格。

3. 請孩子尋找中文詞彙，填在格子裡（詞彙排列可以是橫向或直向）。

4. 將橫向詞彙用數字編號（1, 2, 3……），而直向詞彙用英文字母編號 (a, b, c……) 例如：

	a								
1 春	天	b							
	2 氣	溫							
		暖							

橫向詞彙　　　　　　　直向詞彙
1.spring　　　　　　　a.weather
2.temperature　　　　b.warm

5. 寫下對應中文詞彙的英文單字，並且按序排列（如果孩子不知道答案，可以引導他們查字典）。

6. 也可以讓孩子們交換自己設計的填字遊戲，全家人一起玩！

*P.63「英文填字遊戲」解答。

多元文化篇

我對語言教學有著無法解釋的熱愛。在哥倫比亞大學攻讀英語教學碩士和雙語教學博士時，我上遍了各大名師開設的語言教學課程，當時，有一堂必修課叫做「社會語言學」，探討社會、政治、文化對語言的影響。正式上課之前，我以為這一堂課與教學沒有關係，心裡只想敷衍過關，沒想到，這堂課深深影響了我——之後，我的語言教學離不開文化認同，也證實了「越了解、越認同語言背後的文化，越能輕鬆學好語言」。

我深信，讓孩子對自身的文化感到自在並且尊重其他文化，對文化有正面的態度，自然願意親近這個語言，也就容易學得好！

語言學習的成效不只取決於老師教學的良莠或孩子的努力，文化認同有著舉足輕重的影響力，而透過「節慶」引導孩子認識文化就是學習語言的好方法。農曆新年和耶誕節都是家人團聚的重要節日，因此，這兩個月分介紹的就是我與孩子們藉由東、西方兩大節慶學習雙語的生活提案！

十二月
耶誕卡片

　　「就這棵吧！」我深吸一口清新凜冽的松香，滿意的點點頭。蓄著落腮鬍、戴著防刺厚手套的園丁，拍掉樹梢上的積雪，輕鬆將這棵七尺高的耶誕樹扛在肩上，邁開大步，俐落的把樹放進包裝機器裡，嘩嘩嘩嘩，一棵蓬鬆的耶誕樹馬上被網子包纏好。最後，園丁幫我把樹放到後車廂，「Thank you and Merry Christmas！」我們互道耶誕快樂。

　　每年十二月，買耶誕樹和裝飾耶誕樹就是家裡的例行儀式。買回家後還有得忙：先剪開包裝的網繩，然後把耶誕樹立起來，放進耶誕樹專用的水盆裡，接下來，還得用支架把樹垂直固定好；這是一項大工程，要一個人扶著樹，另一個人把支架拴緊，第三個人指揮：「沒有直呵，再右邊一點，太多了，再回來一點。」終於大功告成後，全家開開心心把裝飾品一個個掛上去，樹下也塞滿了紅紅綠綠的禮物盒。

　　聞著滿室松香，手捧熱騰騰的巧克力，享用抹滿雪白糖霜的肉桂捲，聽著叮叮噹噹的耶誕旋律——這是一年之中最歡樂的節日，充滿家人相聚的愛和溫馨。互相送禮是耶誕節的傳統，但是孩子不會賺錢，我便鼓勵他們把愛和感謝寫進卡片。

這是文文（Evelyn）十一歲時寫給我的雙語耶誕卡片：

Dear Mom,
I am so happy that I have such a
great mom like you. You always cook
for me, read and take me to places.
Also, you always plan vacation trips!
Have a Merry Christmas and a
happy New Year!

Best wishes,
Evelyn

親愛的媽媽
我很開心你是我的媽媽，因為
你會煮飯給我吃，唸書和帶我
去上課的地方。
聖誕節快樂！
祝您心想事成！

文文

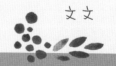

　　大家可能會發現文文的中文「讀起來有點怪怪的」，這是因為文文的母語是英文，而在學習語言的過程當中，不同的語言會互相影響。文文的「美式中文」對海外長大的華裔孩子來說應該不陌生，反過來說，**臺灣的孩子在學英文的過程中可能也會出現「中式英文」。這個問題要怎麼處理呢？我的建議是，請爸爸媽媽了解這是雙語學習的必經過程，別心急，只要持續讓孩子學習語言，慢慢的，兩個語言系統會各自獨立。**

　　除了文文的耶誕賀卡，老二咪咪（Ashley）在耶誕假期也寫了一首英文短詩給我們：

A Lovely and Sweet Poem

Roses are red
Swimming pools are blue
I don't have a lot of money in my piggy bank
But I still love you.

written by Ashley Yu

我把咪咪的這首英文詩翻譯成中文：

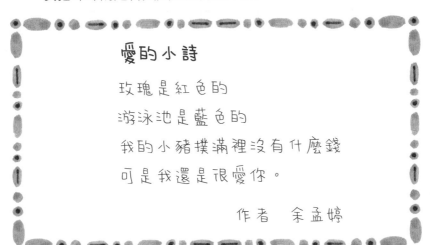

愛的小詩

玫瑰是紅色的
游泳池是藍色的
我的小豬撲滿裡沒有什麼錢
可是我還是很愛你。

作者　余孟婷

女兒這首詩的前兩句其實是仿效一首已經流傳 500 多年的英國情詩：

Roses are red	玫瑰是紅色的
Violets are blue,	紫羅蘭是藍色的，
Sugar is sweet	糖是甜的
And so are you.	你也是。

這首詩好念好記，後人根據原詩再創作的版本不計其數，女兒也加入了這個文學傳承的行列。

大家對英文詩可能比較陌生，但是我一直覺得透過詩來學習英文有不少優點，例如：詩的篇幅不像文章那麼長、詩句可不拘泥文法、詩的創作和詮釋空間很廣，讓每個人都能自由發揮並且各有體悟……這些特點都可以增加孩子學英文的成就感。

●———— 英文短詩 DIY ！————●

先為大家介紹另一首同樣應景且著名的耶誕節英文短詩 I'm a Little Snowman：

I'm a Little Snowman	我是一個小雪人
I'm a little snowman short and fat,	我是一個矮矮胖胖的小雪人
Here is my scarf and here is my hat.	這是我的圍巾這是我的帽子
When I see the snowfall,	當我看到雪花飄
Hear me shout	你們就會聽到我喊
"All you children please come out!"	「孩子們，出來玩雪啦！」

除了帶著孩子讀詩，朗朗上口之餘，還可以請孩子 DIY 替換單字來創作自己的英文詩！

I'm a Little Snowman

I'm a little snowman_____ and _____, (funny, happy, tall, skinny)

Here is my _____ and here is my _____. (nose, mouth, head, body)

When I see the snowfall,

Hear me shout

"All you children please come out!"

中文翻譯如下：

我是一個小雪人

我是一個＿＿＿＿＿＿＿ 且 ＿＿＿＿＿＿＿（好笑，開心，高高，瘦瘦）

的小雪人，這是我的＿＿＿＿＿＿＿，而這是我的＿＿＿＿＿＿＿（鼻

子，嘴巴，頭，身體）。

當我看到雪花飄，

你們就會聽到我喊，

「孩子們，出來玩雪啦！」

讓孩子在年節時表達謝意，可以練習語言，又能讓孩子習慣於傳達感謝的心意。另外，英文詩能幫助孩子發揮創意，爸爸媽媽可以試試讓孩子當英文小詩人！

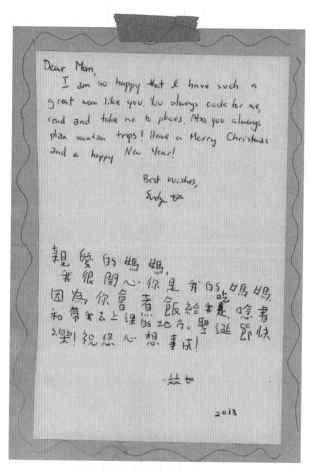

Dear Mom,

I am so happy that I have such a great mom like you. You always cook for me, read and take me to places. Also, you always plan vacation trips! Have a Merry Christmas and a happy New Year!

Best wishes,
Evelyn

親愛的媽媽，
　我很開心你是我的媽媽，因為你會煮飯給我吃、唸書和帶我去上課的地方。聖誕節快樂！祝您心想事成！

妙女

2013

文文十一歲時寫的雙語耶誕卡片。

十二月
夢幻禮物許願卡

在美國，耶誕節是孩子最期待的節日，因為，耶誕節就意味著可以收到各式各樣的禮物！除了耶誕節或者華人新年，很多族裔在節慶時也有送禮物給孩子的習俗，例如：猶太、非洲族裔的孩子分別會在年末的「Hanukkah」（光明節）和「Kwanzaa」（寬扎節）收到禮物。

生活在種族文化多元的紐約，每到十二月，學校課程設計都圍繞著不同族裔的節慶、歷史和習俗，讓孩子學習不同的文化。多采多姿的慶祝活動，讓孩子每天有吃不完的點心、參加不完的派對，不過最讓孩子期待的仍然是——收禮物！

大人要猜中孩子夢寐以求的禮物不是件容易的事情，因此，美國人便有「夢幻禮物清單」（wish list）的作法，讓孩子列出想要的禮物，方便大人採買準備。但是，我希望以英文為母語的孩子花點心思，用中文許願，說服我買禮物！

2008 年，兒子 Alex（承叡）九歲，是個標準的棒球迷，還參加了社區的棒球隊，每天練習得不亦樂乎。社區棒球隊陣容齊全，教練非常認真，還幫每個孩子發行個人球員棒球卡，棒球卡上印著孩子咧開嘴的笑容、球員號碼、身高、體重、興趣等等，

我們到現在還保留著。

　　為了「成為一個很厲害的投手」，當年兒子心心念念的耶誕禮物就是「棒球測速機」。為了強調他對這個禮物的渴望，他的「夢幻禮物許願卡」更像是「棒球測速機說明書」，兒子仔細閱讀英文郵購目錄，選定型號之後，便開始寫許願卡，為了寫出中文版「棒球測速機說明書」，他必須把英文翻譯成中文。當時沒有 Google，兒子只能查字典或是一個字一個字的問我，短短一篇中文許願卡也花了他不少時間。

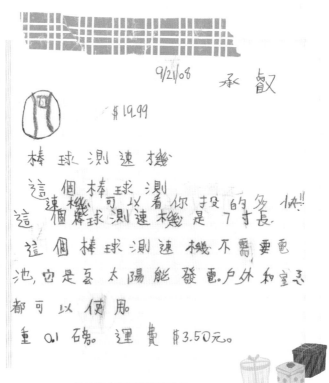

兒子的「夢幻禮物許願卡」。

　　既然要向對棒球一竅不通的媽媽許願，兒子認真說明測速器：「這個棒球測速機可以看你投的（得）多快！」、「這個棒球測速機是七寸長」，還畫了一個棒球來幫助耶誕老公公──媽媽我本人準備禮物。

　　兒子在「夢幻禮物許願卡」中也仔細列出棒球測速機的重量、價錢和運費：「重 0.1 磅」，「價錢 $19.99」，「運費 $3.50」。其實，這是經過一番比價的結果──在美國，如果在商店購買商品，需要額外支付稅金，還要考量開車的油錢及逛商店的時間成本；在家郵購商品省時省力，且不需要付稅，但是需要付運費。兒子花費不少功夫完成「夢幻禮物許願卡」，最後如願以償得到了一臺棒球測速機。

　　九年後，兒子就讀於美國哥倫比亞大學，專攻永續能源發展與經濟學。或許從這篇「夢幻禮物許願卡」中就能看到他對永續能源的興趣早已萌芽，他提到「這個棒球測速機不需要電池，它是ㄎㄠˋ（靠）太陽能發電，戶外和室ㄋ（內）都可以使用」。那時，兒子為了多了解太陽能和電池發電的原理，到圖書館搬了一堆書仔細研究，甚至還找了學校的科學老師

進一步詢問永續能源的原理和運作。這張「夢幻禮物許願卡」也隱含了經濟學和預算的基本概念，兒子對經濟學的興趣，讓他大學還沒畢業，就被投資銀行網羅，現在專精於金融和永續能源發展，當年的「夢幻禮物許願卡」引領著他發掘興趣，在時間魔杖的揮舞下，興趣變成熱情，人生的路自然就走出來了，原來，一切都是有脈絡可循的。

　　這臺棒球測速機的 CP 值超高！

又到了年節送禮時間啦！如果爸爸媽媽跟我一樣，不想孩子「白白收到禮物」，可以動動腦筋，讓收禮物成為一件更有意義的事情！

●———— 夢幻禮物許願卡 DIY！————●

爸爸媽媽可以請孩子參考以下「夢幻禮物許願卡」的範例，寫下自己最期待收到的禮物，不管是耶誕節、生日都適用呵！在卡片的開頭，不妨請孩子先肯定自己最近的努力和進步，再描述心目中的夢幻禮物，爸爸媽媽一定會更加樂意買下這份禮物！

Dear _____ (Mom, Dad, Santa):

I am so excited for this _____ (Christmas, birthday, New Year). I have been a very good _____ (boy, girl) this year. I worked hard in school, did all my homework well, helped my _____ (friend, teacher, sister, brother), and _____ (cleaned dishes, put away toys). I am very proud that I did all these!

For this special day, I would like to have a _____ (name of the gift). I like this gift because it is _____ (fun, cute) and _____ (interesting, special). This gift can _____ (run, talk, move). I plan to play it with my _____ (friend, sister, brother). If I can get this gift, I will be super happy! Thank you very much!

_____ (Child's name)

親愛的 _____（媽媽、爸爸、耶誕老人）：

我好開心要過 _____（耶誕節，生日，新年）了。

今年我表現得很好。我在學校很認真，功課都有認真

做，還幫助 _____（朋友，老師，姐姐，妹妹，哥哥，

弟弟），並且還 _____（洗碗，收玩具），我覺得我

很棒！

在這個特別的日子，我想要一個 _____（禮物的名

字）。我喜歡這個禮物，因為它很 _____（好玩，

可愛）和 _____（有趣，特別）。這個禮物可以

_____（跑，說話，動），我打算和我的 _____

（朋友，姐姐，妹妹，哥哥，弟弟）一起玩。如果我真的

能得到這個玩具，我會超樂的！

謝謝！。

_____（孩子的名字）

Dear Mom
Merry Christmas
&
Happy New Year

親愛的媽媽
聖誕快樂
文文

一月
春聯的意義

　　我的三個孩子念的小學 United Nations International School（聯合國國際學校）是一所 4 歲到 18 歲一貫制的國際學校，學生來自世界各地。這所學校非常尊重學生的文化，也非常用心培養孩子對自身文化的認同。

　　每到接近農曆年的時候，學校的圖書館便會展示各式各樣關於農曆年的書讓孩子借閱，教室、走廊的牆壁也裝飾著喜氣洋洋的燈籠、鞭炮、紙花，全校張燈結綵，校園充滿著濃濃的過年味，讓在異鄉的我窩心又感動。

　　美國學校非常歡迎家長參與學校的教學，兒子 Alex 一年級的老師 Ms. Mason 是一位留著大波浪長棕髮，來自英國的年輕老師，農曆新年前一個月就問我：「Alex 媽媽，妳可不可以來我們班上和孩子們分享農曆新年的習俗？」我當然一口就答應了，這個機會不但能讓外國小朋友了解我們的文化，對於小孩子來說，父母來班上帶活動，也是一件讓孩子「走路有風」的事情啊！

那天，我依邀赴約。學校走廊上掛滿孩子們花花綠綠的圖畫和勞作，長廊遠處，冒出一個頂著茂密黑髮的小腦袋，在教室門口探頭探腦──是兒子！我走向前，失笑問：「你怎麼在這裡呢？」兒子笑咧了嘴：「媽媽，你總算來了！老師說我可以在這裡等你！」我心裡一陣溫暖，微笑點頭，感謝 Ms. Mason 的貼心──與其拘泥於課堂規範讓孩子心不在焉的坐在教室裡等，還不如讓孩子到門口迎接媽媽，老師這個小心思讓這次的活動更溫馨了。

兒子得意的把我拉到教室前面，昂著頭，大聲宣布：「This is my mom. She's going to tell us all about Lunar New Year!」（這是我媽媽，她今天要和我們介紹農曆新年！）

這群來自世界各地的孩子盤腿坐在色彩繽紛的柔軟地毯上，二十雙眼睛圍成一圈，晶亮晶亮的看著我，一張張小臉天真又好奇。兒子站在我旁邊，迫不及待的從我的袋子裡抓出準備好的道具──春聯（spring scroll）。

為了讓在海外成長的孩子也能認識華人傳統節慶和習俗，每逢農曆年、元宵節、端午節、中秋節的時候，我們還是會一起吃年夜飯、湯圓、粽子、月餅，來慶祝各式年節。

我也教孩子寫春聯，他們三人總是興奮的拿出硯臺、磨條用力磨墨，墨汁濺到臉上也不在意，只是開心的抓著毛筆，在一張張紅紙上寫下「春」、「福」。他們也曉得「春」、「福」這兩

個字要倒著貼在門上，表示春神降臨，福至人間。在教室裡，兒子展示的正是自己手寫的春聯，這些外國小小孩都覺得新奇不已。

　　我解釋道：「This is a spring scroll. This word「春」means spring.」（這是春聯。這個字是春天的意思。）美國的孩子發言非常踴躍，我話才剛說完，一堆小手便紛紛舉起來爭著問問題，兒子興奮的當起小老師：「Johnny, go ahead. Mary, your turn. Kathy, you have to wait...」。

　　看起來，今天兒子是最大贏家，除了讓他過足當小老師的癮，同時增進了他對學中文的興趣以及自身文化認同。就這樣，我介紹完了春聯，明天還要去女兒的班上教五歲的孩子做燈籠呢！

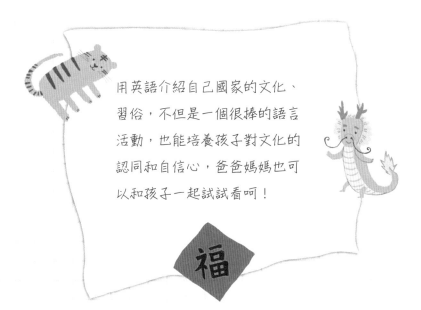

用英語介紹自己國家的文化、習俗，不但是一個很棒的語言活動，也能培養孩子對文化的認同和自信心，爸爸媽媽也可以和孩子一起試試看呵！

—— 用英文介紹自己的文化 ——

　　許多臺灣孩子都體驗過復活節（Easter）、萬聖節（Halloween）、耶誕節（Christmas）等西方節慶活動，卻相對少有機會用英語介紹東方文化。如果孩子能學習將自己熟悉的文化、歷史，用英語分享給外國朋友認識，不僅豐富了與人聊天時的話題，對本身的文化認同也很有幫助。因為語言、文化不同，中文的名詞未必能找到準確對應的英文詞彙，這裡先提供了一個簡單的範本，用英文介紹華人文化的三大節慶，給大家做參考：

There are three important traditional holidays in Taiwan: Lunar New Year, the Dragon Boat Festival and the Mid-Autumn Festival. To celebrate the Lunar New Year, families eat New Year's Eve dinner together. Adults give children red envelopes with money inside as gifts. We also wear new clothes and exchange blessings. To celebrate the Dragon Boat Festival, we row dragon boats and eat sticky rice wrap. Sticky rice wrap is made of sticky rice, egg yolk, pork, and mushroom. In the fall, we celebrate the Mid-Autumn Festival and eat moon cakes. We also like to enjoy BBQ with friends and family to celebrate the Mid-Autumn Festival.

中文翻譯如下：

在臺灣人的文化中有三個重要的節日：農曆年、端午節和中秋節。過農曆年時，家人會一起吃年夜飯，大人給孩子們紅包壓歲錢當禮物，大家穿上新衣服，彼此祝賀。端午節時，我們會划龍舟，吃粽子。粽子是由糯米、蛋黃、豬肉和香菇製成的。秋天時，我們吃月餅來慶祝中秋節，我們也喜歡和親朋好友一起烤肉慶祝中秋節。

與臺灣年節有關的英文單字：

Lunar New Year 農曆新年
New Year's Eve Dinner 年夜飯
spring 春
spring scroll 春聯
New Year couplet 對聯
blessing 祝福
red envelope 紅包
luck 吉
Lantern Festival 元宵節
lantern 燈籠
rice dumpling 湯圓
Dragon Boat Festival 端午節
sticky rice wrap 粽子
Mid-Autumn Festival 中秋節
moon cake 月餅

一月
十二生肖

　　時序進入一月，農曆新年（Lunar New Year）也悄悄來臨，每到這個時節，商家就會推出各式生肖產品，新年賀語也會根據十二生肖做變化，例如「虎虎生風」、「馬到成功」、「扭（牛）轉乾坤」，到廟裡祭拜、安太歲也是民間常見的習俗，除此之外，我們還會藉由生肖推算年齡，由此可見，生肖是大家都熟悉的文化象徵。

　　西方人對十二生肖也有所聽聞，美國郵政局曾發行過一系列的生肖動物郵票，還因為設計精美而大受歡迎，紐約市公立學校甚至會在農曆初一放假一天。相較於華人以年分為基礎的十二生肖，西方的十二星座則是由天體位置的變化衍生而來，星座影響個性，這個説法東西方相信的人都不少，不知是否受到這個説法的影響，美國人認為生肖也能影響個性，比如屬虎的人性格積極、屬兔的人個性溫和。

　　我個人高度懷疑這樣的「生肖性格理論」，不過，對孩子來説，十二生肖動物倒是一個有趣的雙語學習素材。在孩子小的時候，我帶他們閱讀十二生肖的中英文故事，還發現動物叫聲中英文大不同：我們的小狗「汪汪汪」，美國小狗「woof! woof!」；

十二生肖（Chinese Zodiac）

Rat
鼠

Ox
牛

Tiger
虎

Rabbit
兔

Dragon
龍

Snake
蛇

Horse
馬

Goat
羊

Monkey
猴

Rooster
雞

Dog
狗

Boar
豬

我們的公雞一大早「喔喔喔」，美國公雞扯著嗓子「cock-a-doodle-doo」；可愛的羊妹妹「咩咩咩」，美國羊姐姐則是「baabaabaa」，彷彿在叫爸爸……三個孩子被這些滑稽的聲音逗得笑成一團，搶著輪流模仿動物叫聲，家裡頓時變成一個熱鬧的雙語動物園。

　　另外，孩子也發現 rat 和 mouse 翻譯成中文都是「老鼠」，但是在英文上是兩種不同的鼠類：rat 個頭比較大，耳朵尖尖的，個性也具侵略性，在受到威脅時甚至會咬人；mouse 個頭小，耳朵較圓，個性好奇，難怪「米老鼠」是叫做 Mickey Mouse，如果叫 Mickey Rat，可能一點都不討人喜歡了！其他的例子如：ox 泛指公牛，cow 則是母牛；chicken 是雞，rooster 是公雞，hen 是母雞，chick 是小雞。談到這裡，孩子又開始討論為什麼十二生肖的英文翻譯都是用「公」的動物，譬如：rooster（公雞），ox（公牛），「性別平等」又成為我們的討論話題。

動物叫聲中英文對照表					
狗	汪汪	woof	狼	嗷嗚	owooooo
貓	喵喵	meow	公雞	喔喔	cock-a-doodle-doo
豬	嚄嚄	oink	馬	嘶	neigh
綿羊	咩咩	baa	鴨子	呱呱	quack
牛	哞哞	moo	小鳥	吱喳	chirp

　　我也讓孩子用中英文來形容十二生肖動物的優缺點。例如：老鼠會偷吃食物、傳染疾病，但是他們機伶（clever）、生存力強（resilient）；牛幫助人類耕作，但是牛也是出了名的倔強（stubborn）；猴子聰明（smart），還會爬上直溜溜的椰子樹頂端替人們採椰子，但是野生猴子搶奪食物、攻擊人類的新聞也常有所聽聞……三個孩子你一言我一語討論著，也逐漸了解事情都有正反面，在下斷語之前，都要全面思考，客觀公正。

　　從十二生肖衍生出來的語言活動和討論變化無窮，就這樣，陪伴我與孩子度過了一個個異國寒夜。

美國是一個移民國家，他們非常重視培養孩子的文化身分認同，學術上有很多研究證實：孩子對自己的文化身分認同程度越高，學習成就也就越高。

——— 十二生肖特性配對 ———

　　爸爸媽媽可以利用下列單字和表格，和孩子討論十二生肖動物的特性，並於表內填上對應的英文和中文；單字可以重複使用，或者多多鼓勵孩子查查字典，加入其他單字。

> clever 機伶的、smart 聰明的、reliable 可靠的、powerful 強大的、gentle 溫和的、loud 響亮的、mythical 和神話相關的、sneaky 鬼鬼祟祟的、kind 善良的、loyal 忠誠、slow 慢的、fat 胖的

生肖	特性（英文）	特性（中文）	生肖	特性（英文）	特性（中文）
例：Rat（鼠）	clever	機伶的	Horse（馬）		
Ox（牛）			Goat（羊）		
Tiger（虎）			Monkey（猴）		
Rabbit（兔）			Rooster（雞）		
Dragon（龍）			Dog（狗）		
Snake（蛇）			Boar（豬）		

PART 4

打造雙語學校篇

我很了解爸爸媽媽的工作和家務十分繁忙，因此，在時間有限的情況下，給孩子的雙語教育更須有效率，讓母語和外語之間「借力使力」。我時常使用孩子在美國學校的英文功課來設計他們的中文作業，讓他們加深對學校功課的熟悉度並且練習到中文，達到事半功倍的效果，這也是美國雙語學校一貫的作法。在臺灣上學的孩子也可以循同樣的方式來學習外語。

另一方面，我也注重「外語」和學科的結合。第二語言學習容易侷限在日常溝通的層面，例如打招呼、問路、點菜等，想真正抒發己見，談論較深入的話題時，往往會感覺力不從心。解決這個問題的方法就是要把語言和學科做結合，增加語言應用的廣度和深度。

因此，二月要分享的雙語提案就是「善用學校作業練習第二語言」，三月分的提案能幫助孩子使用雙語學習數學和自然學科，期許孩子在未來能夠用非母語侃侃談論文學、經濟、政治、物理⋯⋯這，就是雙語教育的終極境界！

學校作業 雙語一起來

很多人對美國教育有誤解，以為美國學校沒有功課、不考試，事實上，美國的學生要寫作業，也要考試，只是這兩者的方法和內容都和臺灣不一樣。

美國學校的英文課沒有固定的課本，不要求學生背誦字詞解釋或課文，但是需要大量的閱讀和寫作，到了國高中階段，閱讀量更是驚人，孩子整天埋首於一篇篇的論文和研究報告，一點也不輕鬆。但是，美國學校的確很少考試，如果考試，也不考選擇題和是非題，而是長篇申論題，孩子需要融會貫通大量內容，分析整合後再提出自己的見解，如此才能拿高分。

在美國的教育系統裡，孩子從五歲開始學字母和拼字，到了小學二年級，每週會練習十個生字，也有對應的拼字小考。下面這張生字表就是老三文文（Evelyn）的二年級老師在考試前發給班上小朋友的練習單。

9/30/09

Spelling Test Study Sheet   Name Evelyn Yu
Please use this sheet to study for your spelling test. Ask someone to read you the words while you think about how to spell them, and then give it a try! Practice words you miss three times!

First Try	Second Try	Third Try
		This is in chinese!!!
pets ✓	pets ✓	寵物
best ✓	best ✓	最好
sent ✓	sent ✓	
when ✓	when ✓	什麼時候
next ✓	next ✓	下一個
flat ✓	flat ✓	平
rabbit ✓	rabbit ✓	兔子
spot ✓	spot ✓	位子
until ✓	until ✓	時候
spell ✓	spell ✓	寫字
		Wowzers!

文文二年級時的單字練習單。

　　在這張練習單上，我特別喜歡老師給的指示：「Ask someone to read you the words while you think about how to spell them.」（請別人念出這些單字給你聽，聽的時候要想想怎麼拼。）英文拼字是有原則的，本來就不應該死背，而是應該先聽，然後想一想，再「Give it a try」（試試看）拼出來。

　　除此之外，我也欣賞老師要求的「First Try, Second Try, Third Try」（試第一次，試第二次，試第三次），而不是要孩子像機器人一樣「把以下單字抄三遍」。「Try」意味著孩子有機會嘗試、思考和練習，三次都拼錯字的話再多多練習，如果只讓學生不斷的抄寫、背誦，而沒有經過思考，整個過程就只是機械性的填鴨重複，這樣的學習不會長久，也缺少了探索拼字原則和正確拼字後產生的成就感。

　　文文很認真，回到家後立刻開始寫這項作業。她在第一次、第二次嘗試時，都能順利寫出正確的英文拼字，所以在第三次嘗試的欄位，我請文文寫上中文。

　　二年級的文文，有些中文字還不會，得寫注音，於是，「pets」她就寫了「ㄔㄨˇ物」，「sent」則是「ㄙㄣˋ」。文文的老師 Ms. Turner 一定看不懂文文寫的「雙語功課」，所以我也請文文在第三次嘗試的欄位旁寫上英文註解「This is in Chinese!!」告知老師她寫的是中文。

　　當時我也在同一所學校任教，Ms. Turner 是我的同事也是好朋友，她是一位專業、溫暖又有愛心的好老師，並且非常尊重孩子的文化。她知道文文在家裡跟我學習中文，也看得出來我是利用這個欄位讓文文練習中文，她雖然看不懂中文，還是大大的讚賞了文文，讓文文對自己的語言能力和文化感到自豪又自在。

　　爸爸媽媽可以利用學校的課程內容來協助孩子學習英文，但是要記得，孩子學英文要以能夠消化吸收為原則。這個雙語活動是我的「懶人學習方案」，在練習雙語的同時，也能幫助孩子加深對學校功課的理解，真是一舉兩得啊！

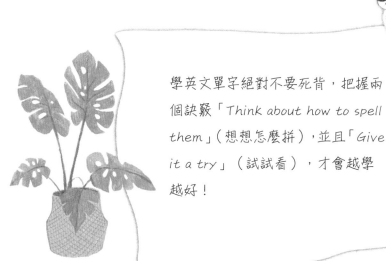

學英文單字絕對不要死背，把握兩個訣竅「Think about how to spell them」（想想怎麼拼），並且「Give it a try」（試試看），才會越學越好！

二月
排列組合學英文

　　不少孩子害怕背英文單字，往往是因為覺得英文字沒有邏輯，只能生吞活剝，無奈總是背了就忘，忘了再背，背了又忘，就像一場醒不來的惡夢。其實，**就像中文造字是有原則的，英文造字也是有邏輯的，**這兩種看似一點關係也沒有的語言，在造字邏輯上卻有著異曲同工的巧合。

　　我和孩子雖然住在美國，但是我是使用臺灣小學的教材來教他們中文，家裡有整套坐飛機過來的臺灣小學教材，我把課本裡的生字頁影印下來，讓孩子用安全剪刀把生字、部首、筆畫數和注音符號一一剪開，再請他們把所有分了家的生字、部首和注音找出來配對，重新歸位，再用膠水黏在紙上。他們三人嘰嘰喳喳的討論：「花、草，這兩個字都是艸部」，「江、河，都是水字旁」……大家可能已經猜到了，這堂中文課的重點正是要孩子辨識部首！

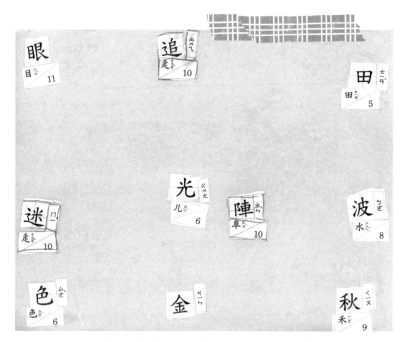

我用剪貼、配對的方式，教孩子認識中文字的部首。

中文的「部首」是中文字的重要結構，也是造字邏輯的基礎，只要知道字的部首，就能了解這個字的屬性。**英文雖然沒有部首，卻有「字根」、「字首」、「字尾」的造字邏輯，了解這些，學英文就像堆積木一樣輕鬆好玩！**

什麼是「字根」（root）呢？英文的字根是單字的核心，代表著字的基本意義，只要能掌握英文字根，字彙就會源源而來。比如說：當我們知道「use」這個字的意思是「使用」之後，往後只要看到有「use」的英文字，這個字和「使用」一定有關係。

「字首」（prefix）顧名思義，是在字的最前面，字首有著扭轉乾坤的力量，可以把字義來個 360 度大轉彎。比如說：「use」這個字的意思是「用」，加上了「re-」（再一次）這個字首，新的單字「reuse」就是「重複使用」的意思；如果「use」前面加上「dis-」（不、沒有）這個代表否定意思的字首，「disuse」這個字就是「不能用」。

「字尾」（suffix）則是放在一個單字的後面，能夠決定字的「詞性」。比如說：如果一個字的字尾是「-ful」（的），這個字便是形容詞，所以「useful」就是「有用的」，「beautiful」是「美麗的」；或者，以「-an」結尾的單字經常是名詞，代表族群，像是美國人「American」，亞洲人「Asian」等。

把字根、字首、字尾合起來舉一個例子：字根「cycle」是「輪子」，字首「bi-」是指「兩個的」，「tri-」是指「三個的」，字尾「-ist」是「人」，所以，

bicycle 就是二輪車（自行車），

tricycle 是三輪車，

cyclist 是自行車手。

字首、字根、字尾積木 DIY !

　　爸爸媽媽可以讓孩子用不同顏色的筆，把英文的字首、字根、字尾寫在不同的「紙片積木」上，再將所有的「紙片積木」混在一起玩配對遊戲，幫助孩子們辨識字首、字根、字尾。

　　英文是很有邏輯的語言，只要清楚其中奧妙，就很容易觸類旁通，絕對不需要死背，把學單字當作玩積木，有趣又好玩，孩子一定愛不釋手！

　　接下來，以下五組單字將示範如何用相同的字首、字根或字尾，排列組合出不同的單字。例如第一組的三個單字 unicycle, bicycle, tricycle 都包含相同的字根 cycle（輪子），但是搭配不同涵義的字首，就產生了互相關聯但意義不同的字。

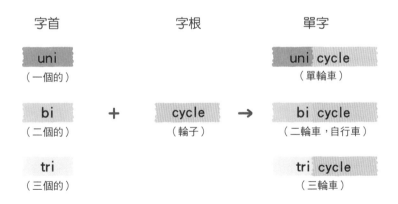

　　以下兩組字根分別共用了「re-」（再一次）、「un-」（不）
兩個字首，產生了新的單字。

字首		字根		單字

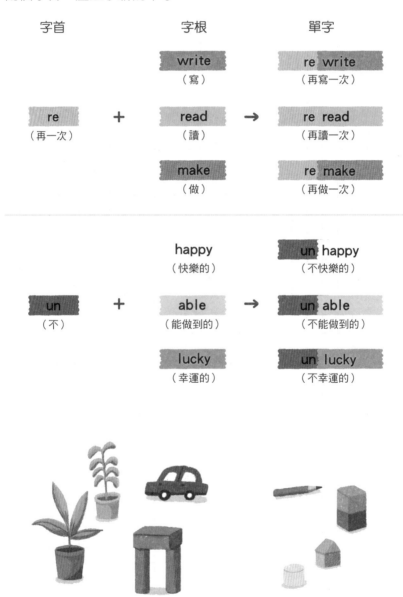

write
（寫）

re write
（再寫一次）

re
（再一次）

＋

read
（讀）

→

re read
（再讀一次）

make
（做）

re make
（再做一次）

happy
（快樂的）

un happy
（不快樂的）

un
（不）

＋

able
（能做到的）

→

un able
（不能做到的）

lucky
（幸運的）

un lucky
（不幸運的）

　　以下兩組字根分別搭配「-er」（人）、「-less」（沒有的）兩個字尾，產生了新的單字。

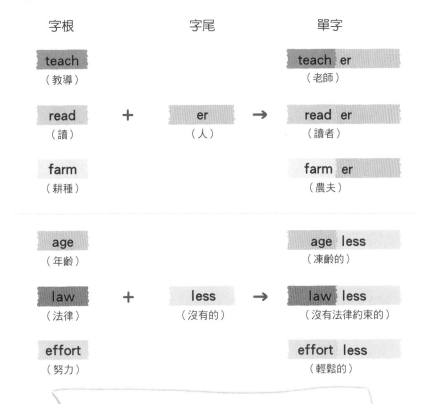

字根	字尾	單字
teach（教導）		teach er（老師）
read（讀）	er（人）	read er（讀者）
farm（耕種）		farm er（農夫）
age（年齡）		age less（凍齡的）
law（法律）	less（沒有的）	law less（沒有法律約束的）
effort（努力）		effort less（輕鬆的）

　　學英文字就像是堆積木，只要清楚箇中邏輯，就很容易學好，讓孩子把英文單字當作積木來玩，孩子不但會愛上英文，也會成為英文單字小達人！

三月
數學和語言學習的結合

「媽媽，家裡有沒有撲克牌？」一年級的老大 Alex 剛步下校車就興奮大喊。

在美國，孩子上下課有校車接送，每到放學時間，家長就會三三兩兩出現，聚集在校車站牌處等著接孩子。雖然已邁入春天，紐約的三月仍然執意封凍天地，在室外多待一分鐘都讓人凍得直跺腳，我對付這冰凝世界的方式就是拿出一份份的學術報告，用凍僵的手指歪歪斜斜做筆記，一邊寫一邊等校車，忘記了冷，時間也不再難熬。

「要撲克牌做什麼？」我牽起兒子戴著羽絨手套的小手。

「老師說，要用撲克牌做數學功課！」

一回家後，Alex 馬上把數學作業從書包裡拿出來：

親愛的爸爸媽媽：我們現在在學加法，請幫孩子準備一副撲克牌，今天的功課是和孩子用撲克牌學加法。爸爸媽媽可以跟孩子一人打一張牌，讓孩子把數字加起來，要是孩子沒有辦法用心算算得出來，可以讓孩子指著撲克牌上的黑桃（spade）、紅心（heart）、方塊（diamond）、梅花（club）一個個數出來。

看到那麼好玩的功課，Alex 興奮得不得了：「媽媽，快點快點，我要做功課！」我趕快和兒子玩了起來：「Two！」，「One！」，「Two plus one is three！」（2 加 1 等於 3！）「Three！」，「Five！」，「Three plus five is eight！」（3 加 5 等於 8！）

兒子和我越玩越起勁，四歲和五歲兩個妹妹也嚷著：「媽媽，我們也要玩！」兩個人拿著撲克牌依樣畫葫蘆，一副煞有其事的樣子。

有一種說法認為華裔孩子算術快是因為中文對數學計算有優勢。中文是單音節，念起來簡短俐落，比如：數字 53,493 中文是「五萬三千四百九十三」，有九個音節，如果念成「五三四九三」就只有 5 個音節；英文的 53,493 念作「fifty three thousand four hundred and ninety-three」有 12 個音節，而且沒有「five three four nine three」的簡化說法。

　　在進行數學運算的時候，我們更能看出中英文的差異：「77+45=122」，用中文念起來是「七十七加四十五等於一百二十二」共 14 個音節，每個音節都很簡短，但是英文的「seventy seven plus fourty five equals to one hundred and twenty two」念起來有 19 個音節，有長音，有短音，而且沒有簡短版的「七七加四五是一二二」，如果跟美國人說「seven seven plus four five is one two two」，只會讓他們一頭霧水，所以，用英文學數學，光是念數字，速度就跟不上中文，更不用說加減乘除的運算。

　　三個孩子用撲克牌學會了中英文的數字、加減乘除，還發明各種玩法，一下子蓋牌，一下子抽牌，一下玩接龍，枯燥的數字練習變成他們最熟悉的雙語遊戲！

結合英文和學校學科的內容，是增加英文學習深度的好方法，讓英文的應用超越日常溝通的層次，慢慢累積，「上至天文，下至地理」孩子也就都能侃侃而談了！

用撲克牌學英文算數

　　加減乘除遊戲：讓孩子先抽一張牌，爸爸媽媽再抽一張牌，兩張牌就可以玩雙語加減乘除的遊戲：

加法：＿＿＿ plus ＿＿＿ is ＿＿＿

　　例 Six plus three is nine. (6+3=9)

減法：＿＿＿ minus ＿＿＿ is ＿＿＿

　　例 Six minus three is three. (6-3=3)

乘法：＿＿＿ times ＿＿＿ is ＿＿＿

　　例 Six times three is eighteen. (6×3=18)

除法：＿＿＿ divided by ＿＿＿ is ＿＿＿

　　例 Six divided by three is two. (6÷3=2)

　　除了用撲克牌練習簡單的雙語數學遊戲，爸爸媽媽可以自行上網搜尋一些適合孩子數學程度的英文學習單，以下也為大家提供幾個使用英文的數學學習網站，這些網站提供生動活潑的數學遊戲和影片，適合不同年齡和程度的孩子，歡迎爸爸媽媽帶著孩子一起探索！

♠ Math Playground: https://www.mathplayground.com/

♠ Math Games: https://www.mathgames.com/

♠ PBS KIDS Math Games: https://pbskids.org/games/math

三月
自然科學和語言的結合

「哥哥，姐姐，你們趕快來！媽媽要做實驗啦！快點！」六歲的文文扯著稚嫩的嗓音大聲吆喝著，七歲的姐姐和八歲的哥哥立刻咚咚咚的從房間跑出來。

我的孩子在美國出生長大，在學校接觸的所有學科都使用英文，我為了提升他們中文學習的廣度和深度，請住在臺灣的家人寄來了整套的小學教材，國語、自然、社會、數學每一個學科都買齊，我也訂閱《國語日報週刊》和《巧連智》，中文長了翅膀穿越太平洋飛到紐約家裡，是孩子的定期禮物。

三個孩子當時對「沉」、「浮」的概念都很感興趣，我就決定做密度實驗——我按照臺灣自然課本的指示（如 P.114 圖），召集孩子收集家裡的硬幣、籃球、彈珠、塑膠碗、電池、橡皮擦、便當盒，然後我從廚房拿出一個大水盆，裝了水，三個孩子早已迫不及待的圍成一圈等著開始。

將下面的物品輕輕放在水面上，會浮的請打√，會沉的打×。(24分)

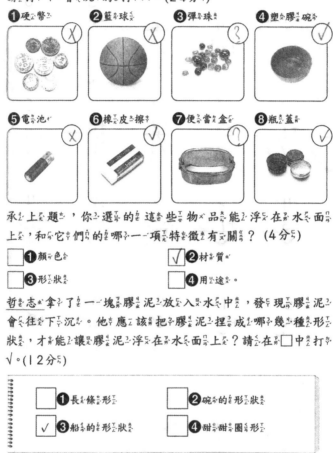

承上題，你選的這些物品能浮在水面上，和它們的哪一項特徵有關？ (4分)

☐ ❶顏色　　　　　✓ ❷材質

☐ ❸形狀　　　　　☐ ❹用途。

哲志拿了一塊膠泥放入水中，發現膠泥會往下沉。他應該把膠泥捏成哪幾種形狀，才能讓膠泥浮在水面上？請在☐中打√。(12分)

☐ ❶長條形　　　　☐ ❷碗的形狀

✓ ❸船的形狀　　　☐ ❹甜甜圈形

臺灣自然課本中的密度實驗。

　　老二先抓了一把硬幣，一股腦的扔進水盆裡，這一把硬幣濺起了一片水花，銀色、棕色的硬幣們一點都不猶豫，全部快速沉底，三個孩子驚呼，趕緊拿起筆來，在硬幣的欄位上打上一個叉叉，表示硬幣會沉入水底。

　　老三接著拿了一個塑膠碗往盆子裡扔下去，塑膠碗像小船一樣在水面上蕩漾著，三個孩子興奮的大叫：「浮起來了吔！」這時，兒子把籃球高舉在頭上，準備過癮的扔下去，嚇得我趕忙制止：「欸，欸，欸，不行用力丟，輕輕放下去，輕輕放下去！」那個下午，就這樣熱熱鬧鬧的過去了，他們不但學到了科學，也學到了中文。

　　要父母結合學科和語言來輔助孩子學習不是一件容易的事情，因此，這幾年來，美國學術界非常重視學科和語言之間的結合，也發現孩子多讀自然科學類的讀物能幫助孩子學習科學，並且能有效增進語言程度。自然科學類的書屬於所謂的「非小說類」（non-fiction），也就是沒有故事情節的讀物，學術界和出版業注意到非小說類的題材有時無法引起孩子的共鳴，因此現在自然科普書的寫作方式越來越多元，時常使用說故事的方式，希望所有的孩子都能享受非小說類讀物，「Magic School Bus」（魔法校車）系列就是一個很好的例子。

　　結合了故事情節和自然科學知識的「Magic School Bus」叫好又叫座，對於還不習慣閱讀非小說類讀物的孩子來說，是非常好的銜接書籍。這套英文科普書的主角是一個美國科學老師 Ms. Frizzle，她帶著孩子坐上魔法校車，一下飛上外太空，一下又鑽進地心，到處探索科學現象，內容知識豐富，圖畫生動活潑，語言易懂有趣，非常受到美國孩子的歡迎。在臺灣各大書局都可以買到英文原文書和中英雙語版的《魔法校車》，不論哪種版本都可以幫助孩子學習英文和科學。另外，這套書的英文和中英雙語影音版在網路上都找得到，透過聲音和畫面的呈現，也是很棒的學習管道。

　　家裡三個小孩子從小接觸了很多非小說類的中英文讀本，從小的時候就對「光合作用」、「大氣壓力」等中文專有名詞朗朗上口，時光荏苒，長大後，他們對「核能發電」、「基改食品」也就不陌生了。

在學習理論中，有一種叫做「探索式學習」（inquiry-based learning）的模式，是指讓學習者自主探索、解決疑難，將學習變成一個主動求知的過程；僅僅是一個自然科學的小實驗、小遊戲，也能給予孩子一個探索學科和運用語言的機會。

三個孩子「玩實驗」的場面，就體現了「探索式學習」的趣味性，證實了學習是可以自主的，而不是被動接受和枯燥無味的練習。我非常推荐爸爸媽媽用「做實驗」的方式，搭配英文或雙語讀本，陪伴孩子學習自然科學，在過程中既學到科學知識又學到英文！

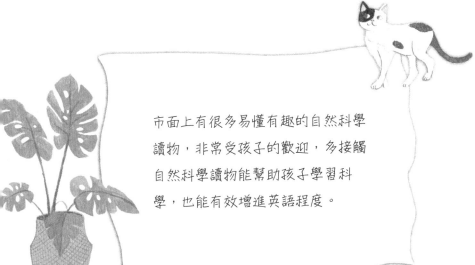

市面上有很多易懂有趣的自然科學讀物，非常受孩子的歡迎，多接觸自然科學讀物能幫助孩子學習科學，也能有效增進英語程度。

PART 5

溝通表達篇

學習語言的目的到底是什麼？除了應付功課和考試，還有其他的理由嗎？其實，人類需要語言的最原始理由就是「溝通」和「解決生活上的問題」，這兩件事情都不需要「英文很厲害」或是「中文很厲害」才做得到。鼓勵孩子自在的運用語言，語言教育才能真正的落實到生活裡。

四、五、六月文章要介紹的是三個孩子小的時候，為了「溝通和解決生活上的問題」所留下的雙語作品，例如：文文為了避免訪客陷入「不得其門而入」的窘境，而製作的「小告示牌」，或者請找修改衣服寫的「便利貼」，以及咪咪為了想買電動玩具寫的「請願書」，其他還有「感謝信」、「家書」等傳達情感的溫馨回憶。

在美國出生長大的他們，成長過程中，中文「卡卡」並不讓人意外，即使是母語英文的使用也不盡完美，但是我不擔心，因為這就是語言發展的必經階段。我希望他們培養的是對語言的好感，知道語言是可以在生活當中靈活運用、表達感情的，而且能夠讓他們的生活更豐富美好，這樣，雙語教育才能真正落實到孩子的生活中。

四月
雙語告示牌 迎接訪客到來

　　我們的家雖然位在車水馬龍的紐約曼哈頓，但有一個花木扶疏的前院，我喜歡按照時令種上鬱金香、風信子、繡球花、菊花，路過的行人也時常駐足欣賞。前院的矮鐵門平時會上鎖，只有在預先知道有訪客時我們才會把鐵門打開，訪客進到前院按對講機才能連絡到我們。有時候其他住戶又把鐵門鎖上，客人便會不得其門而入。為了解決這個問題，我請八歲的文文設計一個中英雙語小告示，請住戶不要把鐵門關起來，方便訪客進出。

　　文文的母語是英文，所以她先寫了英文的版本「Pleas leave gate OPen! Evelyn Thank you」。

文文寫的雙語告示牌。

　　大家可能都注意到了——文文的「please」少了一個「e」，變成「pleas」；「open」寫成「OPen」，顯然是忘記要區分大小寫，這些小問題我都沒有特別糾正她。

　　很多學術研究發現，在孩子開始學語言的前三、四年中，對於英文拼字的正確度、字母大小寫或標點符號的運用，不會那麼完美精準，但是經過持續不斷的接觸，再加上年紀的增長，這些問題都會自然消失。所以，美國老師不會過度擔心這些「怎麼錯那麼多」的孩子，因為這是語言發展的正常過程，更因為，這個階段的學習重點是「培養表達的能力和意願」，如果大人太在意書寫的準確度，把孩子的作品改得滿江紅，反而會打擊孩子的信心和表達的意願。所以，我沒有要文文改過重寫，畢竟我的目的是要文文寫出「讓人看得懂意思」的文句，來解決生活小煩惱。

　　文文寫完英文版的告示，還用中文寫了「請不要 ㄍㄨㄢ 門」，文文學過「請、不、要、門」這幾個字，但是「關」寫不出，所以用注音「ㄍㄨㄢ」。時光流逝，當年的小女孩現在已經進入哥倫比亞大學，也早就會寫「關」這個中文字了；英文的大小寫、拼字不但不再出錯，甚至剛上大一時就被錄取為「Columbia Political Review」（哥大政治評論期刊）的撰稿專員，不到一年，就升格為編輯。

　　我們在紐約住了二十五年，告示牌也隨著日月風霜修改過幾個版本。除了文文寫的「請不要 ㄍㄨ 門」，老二咪咪也做了一張告示牌。老二從小就喜歡畫圖，可以坐在桌子前塗塗畫畫一整天。她除了更新妹妹的告示牌，還畫上可愛的小松鼠，完成之後，更找了一個塑膠套把新的告示牌放進去，綁上粉藍色緞帶，更耐用也更精美。這張告示牌沿用至今，每當我拿出告示牌掛在門上時，看著小松鼠的萌樣，也禁不住微微一笑。

雙語告示牌 DIY

生活中，隨時都有與他人溝通、傳達想法的機會。例如：在家裡要記得「隨手關燈」、「隨手關水龍頭」，在戶外則要愛護環境，提醒彼此「請勿亂丟垃圾」，這些都是學習語言的機會教育。爸爸媽媽可以和孩子一起做雙語告示牌，讓語言學習和生活緊密結合！

Please turn off the switch.
請隨手關燈。

Please turn off the faucet.
請隨手關水龍頭。

Do not litter.
請勿亂丟垃圾。

Please leave the gate open.
請不要關門。

語言是解決日常生活問題的工具，所以語言學習和孩子的生活應該有連結，讓語言能力一點一滴累積起來。

四月
善用便利貼 生活互動多

在孩子的成長過程中，我白天全職工作，晚上在哥倫比亞大學攻讀碩博士學位，同時期還在哥大研究所當講師，念完碩博士之後，受聘於哥倫比亞大學任教。哥大研究所的課程都是在晚上，因此，不論是在攻讀學位或任職教授時，當我回到家，孩子往往已經上床睡覺了，所以他們當年常常用便利貼留言給我。

那天，回到家已經十一點了，我躡手躡腳的打開家門，正要把學生的論文放在書桌上，便看到桌上貼了三張便利貼，另外還有一疊衣物和一隻胖嘟嘟的絨毛玩具熊。

文文的第一張便利貼。

第一張便利貼寫著：「媽媽，請ㄎ 我ㄡ！文文」家裡的三個孩子都知道自己的玩具要自己收，但文文那時還小，有些玩具自己收不了，所以留下這張字條給我，請我幫她收拾。

文文的第二張便利貼。

　　第二張便利貼上面寫的是：「媽媽，這件ㄎㄨˋ子的ㄠ 太大了，請你ㄅㄤ 我ㄍㄞˇ 。文文ㄐㄧㄠˋ上，謝謝！」還加上一張圖文不符的穿洋裝、戴著項鍊的女孩的手繪圖。美國衣服對東方人來說都太大了，因此我時常幫孩子改衣服。我在臺灣長大，本來應該不會有衣服不合身的困擾，但是我因為個子嬌小，我的母親也時常幫我修改衣服。母親擅女紅，針腳細緻整齊，媲美裁縫機，我就不行了，幸好孩子不嫌棄，美國人也不講究，我幫孩子改衣服，一改就是十幾年。

文文的第三張便利貼。

最後一張便利貼上面寫著：「親愛的媽媽，我的粉紅色ㄎㄨˋ子太ㄉㄨㄢˇ了，小天ㄕˇ ㄐㄧㄥˋ上（文文）。」文文是家裡的老么，卻是承擔最多責任的孩子。每次我從超級市場大採購回家，她總是第一個跑出來幫忙，細瘦的手臂攬著裝滿蔬菜水果牛奶的購物袋，像一個自豪的小戰士出任務，要是真的拿不動，她就一路拖到廚房。為了讓我多睡一點，她年紀很小時就會早早起床，準備早餐，一切備妥後，再叫哥哥姐姐起床，我總暱稱她是「小天使」。這次，她也找了一張小天使貼紙，貼在自己的名字旁。

那天晚上，我看著眼前的玩具、衣服、便利貼，心頭好暖。雖然我深夜才返家，但是透過便利貼，我們母女心連心，這就是語言給我們最珍貴的禮物。

英文便利貼 DIY

在日常生活中，爸爸媽媽可以多多鼓勵孩子在便利貼上書寫英文留言，歡迎參考以下英文便利貼的範例：

Please put away
toys for me.
請幫我收玩具。

Please prepare
me some snacks.
請幫我準備點心。

Please wake
me up.
請叫我起床。

Please buy books
for me.
請幫我買書。

Please make the
lunch box for me.
請幫我做便當。

請爸爸媽媽在孩子初學英文的階段，不要太介意孩子的英文拼寫是否準確，更重要的是讓孩子們了解──語言和生活密不可分，並不只有坐在教室、書桌前才能學習語言呵。

五月
寫「請願書」表達心聲

　　我在美國哥倫比亞大學攻讀教育碩、博士時，教授總會強調：「寫作是為自己發聲，一定要有目的和對象。」之後，我在美國中小學教英文，也見證了這點：寫作不是因為學校規定，也不是因為考試要考，而是透過語言來表達想法是人類獨有的能力和渴望。因此，美國孩子從小就會寫信給市長、議員，甚至總統來「喬事情」。家裡的三個孩子在這樣的教育下，很小就懂得用寫作「爭取自己的權益」。

　　十多年前，掌上型電動玩具 Nintendo DS（任天堂 DS）在美國大受歡迎，學校的孩子人手一臺，雖然這款電動玩具價錢不貴，但是我並沒有買給孩子。他們三人每天去學校聽同學 Nintendo DS 長，Nintendo DS 短，有一天八歲的老二咪咪終於按捺不住，寫了一張小紙條給我：「媽媽你會不會幫我買一個 DS？ㄑㄩ 一個『會』，『不會』」旁邊還畫上一個 DS 遊戲機的圖。這張小小的紙片不夠她寫，於是她又加上一個箭頭，示意我翻到背面，背面寫著「我很想要一個 DS！」。

　　女兒深知要說服別人，一定要從對方的角度思考，投其所好，我們住在美國，學習中文不易，所以我總是鼓勵孩子們使用

中文，因此，咪咪不僅採取「中文陳情書」的策略，試圖謀求多一點勝算，她還曉得要給我「say no」的權利讓我心軟，最後仍然不忘記「動之以情」──「我很想要一個 DS ！」企圖軟化我的鐵石心腸！

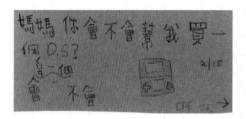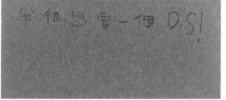

咪咪為了買電動玩具所寫的「請願書」。

很可惜的，雖然咪咪使盡渾身解數，但我最終沒有買下這個「大人覺得沒有用又浪費時間的東西」。我在寫這篇文章時，問女兒是否記得這件事情，已經成年的女兒一副委屈的說：「記得啊！那時候大家都有，就只有我沒有！」講完之後她自己笑了，我也笑了。

繼 DS 的熱潮後，美國孩子之間又流行過各種遊戲和玩具，其中一樣便是造型維妙維肖的小橡皮擦。這些小橡皮擦有的做成薯條、冰淇淋，有些做成漢堡、熱狗，個個精巧可愛，不但能擦錯字，還能拿來玩扮家家酒，美國孩子瘋狂收集，每到下課，孩子們就圍在一起互相交換。

　　我常到亞洲各地工作，孩子們也懂得寫小紙條「請媽媽買在亞洲才買得到的橡皮擦」。這些壽司、小籠包小橡皮擦帶回美國之後，立刻成為美國小孩眼中的珍寶，大家都搶著跟家中三個孩子交換，孩子們立刻身價暴漲，走路都有風。現在談起這件事，他們三人都還津津樂道，說這都是拜小紙條之賜呢！

　　一張小小的紙條，能讓孩子們說出自己的心聲、練習語言，還能讓孩子留下美好的童年回憶，真是一舉數得啊！

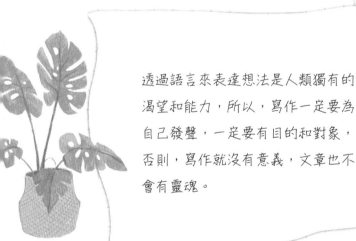

透過語言來表達想法是人類獨有的渴望和能力，所以，寫作一定要為自己發聲，一定要有目的和對象，否則，寫作就沒有意義，文章也不會有靈魂。

●————— 英文請願書 DIY ！ —————●

　　孩子在成長過程中，經常有各式各樣的「小願望」，受到同儕和流行文化影響，想買的東西更是五花八門，爸爸媽媽可以把握機會，和孩子聊一聊想要得到「這件物品」的原因，也可以請孩子寫一封「英文請願書」，練習雙語溝通談判能力！我用女兒的「請願書」當作範例，提供中英文版本給大家參考：

Dear ＿＿＿＿＿ (Mom, Dad)

I really like ＿＿＿＿＿(name of the item). Everyone in my class has ＿＿＿＿＿ (name of the item). I really want it for my birthday gift.

Please let me know if you will buy me ＿＿＿＿＿ (name of the item).

Yes ＿＿＿＿＿

No ＿＿＿＿＿

PS: I really really really want ＿＿＿＿＿(name of the item)!

Thank you!!

＿＿＿＿＿(name of the child)

中文翻譯如下：

親愛的 ＿＿＿＿＿（媽媽，爸爸）

我真的很喜歡 ＿＿＿＿＿（物品名稱），我班上的
每個人都有 ＿＿＿＿＿（物品名稱）。我真的很想
要它作為我的生日禮物。

請讓我知道你會不會買 ＿＿＿＿＿（物品名稱）給我。

會 ＿＿＿＿＿

不會 ＿＿＿＿＿

PS：我真的真的真的很想要 ＿＿＿＿＿（物品名稱）！

謝謝！！

＿＿＿＿＿（孩子的名字）

五月
網路用語大補帖

「媽媽，什麼是『就醬』？」老二咪咪看到我在臉書和朋友的對話後，一臉茫然的問：「是要買醬油嗎？」

我的三個孩子在美國出生長大，雖然置身英語環境，但是中文聽說讀寫都沒有問題，這當然是好事，卻有個小小的問題——我和朋友之間的簡訊、社群網站內容完全被他們掌握，讓我一點祕密都沒有了。但是，自認中文很厲害的他們看到「就醬」、「520」、「3Q」這類的網路用語就沒輒了，還問出「就醬是要買醬油嗎？」的問題。

語言是有生命的，在時間長河中不斷變化，英文的歷史自「古英文」算起，已經超過一千五百年了，不過，有些英文字一點也不滄桑，比如 belt（皮帶）, butter（奶油）, cup（杯子）, fan（扇子）, fork（叉子、叉路口），這些字的拼字、意義從古英文時代一路凍齡到現代，沒有出現改變。西元 1590 年，莎士比亞寫下了他的第一本劇本，後人定義為「近代英文」的開端，當時的英語採用倫敦口音的方言作為標準，並且大量吸收外來詞彙，與我們現在所使用的「現代英文」更加接近了。

　　「現代英語」則以十七世紀晚期為濫觴，當時工業革命興起，造就了殖民於世界各地的大英帝國，鞏固了英語在國際上的地位；之後美國興起，更為英文的強勢定調。至今，英文依舊是全球使用最普遍的國際語言。

　　這幾年的網路革命，也催生了不同語言的「網路火星文」。自從三個孩子有了手機之後，他們和朋友之間的訊息，就出現了很多火星人之間才看得懂的英文對話，例如：

孩子的朋友：「WYD」

孩子：「NTH HW」

孩子的朋友：「LOL」

孩子：「GTG」

孩子的朋友：「CU」

用地球人的英文來表示是：

孩子的朋友：「What (are) you doing?」

孩子：「Nothing, homework.」

孩子的朋友：「Laughing Out Loud.」

孩子：「(I) got to go.」

孩子的朋友：「See you.」

中文翻譯是：

孩子的朋友：「你在幹麼？」

孩子：「沒幹麼，寫功課。」

孩子的朋友：「哈哈哈。」

孩子：「不聊了。」

孩子的朋友：「掰。」

家有青少年的爸爸媽媽對「中文火星文」可能也不陌生，這些「火星文」除了是網路的產物之外，也是一種青少年次文化──青少年用特定的語言和「自己人」互動，局外人只能摸摸鼻子自動退出。不論是中文還是英文，網路用語在正式的書寫上當然不合適，但是它們仍然是順應時代所產生的語言，爸爸媽媽也可以搭上語言演變的順風車，跨越親子之間的語言代溝！

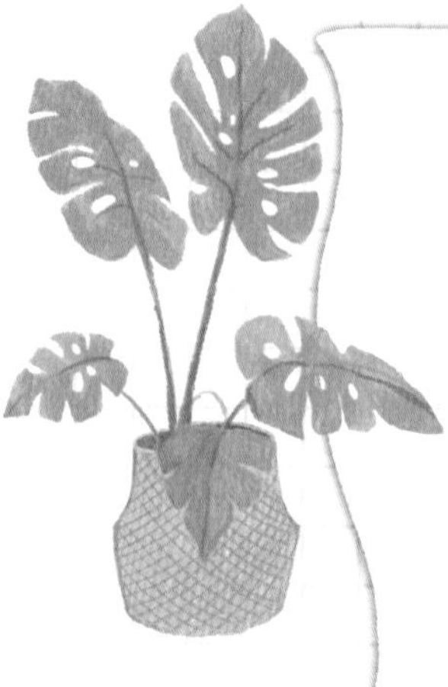

「火星文」是順應時代所產生的一種語言，爸爸媽媽可以用英文火星文和孩子搏感情，讓家庭雙語教育在青春期一樣暢通無阻，LOL！

常見的英文網路用語

網路英文	英文翻譯	中文翻譯
idk	I don't know	不知道
lmk	Let me know	再跟我説
gr8	Great	讚喔
lol	laugh out loud	哈哈哈
thx	Thanks	謝啦
bff	Best Friend Forever	死黨
omg	Oh My God	歐麥尬
xoxo	Hugs and Kisses	愛死你了
hw	Homework	功課
pls	please	拜託

六月

寫感謝函 表達謝意

　　多年之前的一個夏天，我帶著三個孩子，到在紐澤西普林斯頓大學的朋友家叨擾了幾天。能去別人家小住幾天，孩子們興奮得不得了，事實上，當時攻讀博士班的我，是到朋友家做研究調查。朋友有兩個孩子，五個年紀相仿的小孩立刻玩在一起，扮家家、畫圖、游泳、打電動、捉迷藏，樓上樓下跑來跑去。那幾天，朋友熱情款待，帶著孩子去打迷你高爾夫球、保齡球、騎馬，當然也不忘帶小鬼頭去吃小孩的最愛——冰淇淋！當我們回到紐約之後，我讓孩子寫信感謝朋友幾天來的招待。

　　感謝函首先要表達謝意，老大承叡以直白的「謝謝你們帶我去吃好吃的午餐」為開頭，大女兒孟婷寫：「謝謝ㄓㄞ我們！」小女兒孟瑋的版本是：「ㄒㄧㄝㄒㄧㄝ你ㄓㄞ我們。」三個孩子年紀不同，表達能力也不一樣，這點從信的開場白就看得出來。接著，三個孩子都寫了迷你高爾夫、保齡球、到餐廳吃飯和吃冰淇淋的片段，哥哥也把跟朋友兒子一起射火箭的開心寫進去。

小女兒孟瑋的感謝信夾雜著中文、注音符號和英文：

> 親愛的 Abby 阿一ˊ：
>
> ㄒㄧㄝˋ、ㄒㄧㄝˋ你ㄓㄠ、ㄉㄞˋ我們，我喜歡跟你們去打ㄇㄣˇ
> 你ㄍㄠˇㄦ夫ㄑㄧㄡˊ和打ㄅㄠˇㄌㄧㄥˊㄑㄧㄡˊ。我也喜歡去
> Macrone Grill吃飯和吃好吃的ㄅㄧㄥ ㄑㄧˊ淋！！！
>
> 余孟瑋ㄐㄥˋ上

大女兒孟婷的感謝卡上，中文字的比例明顯增加：

> 親愛的 Abby 阿一ˊ，Russle 和 Ashely：
> 謝謝你ㄓㄠ、ㄉㄞˋ我們！我很喜歡吃
> 冰淇淋，我也很喜歡打迷你高ㄦˇ
> 夫球和在 Macroni Grill 吃飯。我也
> 喜歡打保ㄌㄧㄥˊ球。
> 祝你們天天開心！
>
> 余孟婷敬上

老大承叡的感謝信中，就完全沒有注音符號：

親愛的 Abby 阿姨，Russell 和 Ashley：

謝謝你們帶我去吃好吃的午餐和打保齡球。

我非常喜歡這兩樣事情。還有，我在 Bent

Spoon 吃的香草冰淇淋，冰冰涼涼的，很好

吃。我也喜歡跟 Russell 射火箭，火箭射得

這麼高，實在太酷了。

祝你們

事事如意

承叡敬上

同樣是寫感謝函，三個孩子按照自己的能力發揮──每個孩
子的年紀和能力都不同，我們對孩子的要求自然也應該有分別。
三個孩子的畫風也不同：老三畫了紅紅的大愛心，又加上大大的
「Love」和「愛」兩個字，還貼上可愛的貼紙，稚拙的筆觸畫出
玩耍的場景、冰淇淋，冰淇淋店「Bent Spoon」和餐廳。

小女兒文文（孟瑋）的雙面感謝函，手繪冰淇淋和餐廳。

　　老二則是認真的把整張紙塗滿代表夜晚的黑色和白天的藍色，再加上滿天閃爍的星星——我們住在市區，不容易看到星星，我想是郊區的滿天星辰在她的腦海中留下了美麗的回憶。

大女兒咪咪（孟婷）的感謝函，畫下紐澤西的天空。

　　老大最偷懶，只畫了一顆大星星。兒子倒不是不用心，而是他從小就對畫圖沒有太大的興趣。回頭看他們童年的作品，老大沒有留下什麼畫作，兩個妹妹倒是一天到晚畫不停，孩子個性興趣不同由此可見。

　　寫完信，我教他們寫信封、貼郵票，一起去郵局寄信。朋友收到了孩子的感謝信，又驚喜又開心！

　　那年夏天，我忙著收集資料、寫論文，在兩年半的時間裡拿到哥倫比亞大學博士學位，要不是家人和朋友的支持，我不會如此順利。在這篇「感謝」的文章裡，我也想謝謝所有幫助過我的你們──真心感謝大家。

親愛的 Abby 阿姨, Russell 和 Ashley,
　　謝謝你們帶我去吃好吃的午餐和打保齡球。我非常喜歡這兩樣事情。還有,我在 Bent Spoon 吃的香草冰淇淋,冰冰涼涼的,很好吃。我也喜歡跟 Russell 射火箭,火箭射得這麼高,實在太酷了。
　　祝你們
　　　　事事如意
　　　　　　　承叡 敬上

哥哥 Alex(承叡)的感謝函,以文字表達為主。

通過書寫信件,可以幫助孩子了解中英文書信的差異,也可以教導孩子表達謝意。能學習禮節又練習雙語,真是一舉兩得!

—— 雙語感謝函 DIY ——

　　一封感謝函，不但為我們留下了美好的出遊回憶，也培養了孩子的禮節和雙語能力，再次驗證生活和語言是可以緊密結合的。

Dear _____ (name):

Thank you very much for _____.
I really _____. I especially liked _____.
I hope to see you soon again!

_____ (child's name)

inviting me to your house, taking me out
to eat, buying me the toy, etc.

enjoyed visiting you, liked the food, loved
the toy, etc.

your dog, the fish dish, how cool this toy
is, etc.

中文翻譯如下：

親愛的 ＿＿＿＿＿＿（阿姨，叔叔）：

非常謝謝你 ＿＿＿＿＿＿。

我真的 ＿＿＿＿＿＿。我特別喜歡 ＿＿＿＿＿＿。

我希望很快能再見到你！

＿＿＿＿＿＿（小孩的名字）

例邀請我到你家，請我吃飯，
送我玩具等。

例很高興能拜訪你，很喜歡那天的
菜，很喜歡你送給我的玩具等。

例你們家的小狗，那天吃的
魚，這個很酷的玩具等。

六月
一封家書練就多語

　　「媽媽，我的同學暑假要去山裡住一個月，我可不可以一起去？」十一歲的兒子在乍暖還寒的春天問我。

　　「現在才三月，暑假還早不是嗎？」

　　「但是我的同學都已經在討論暑假的計畫了！」

　　美國暑假漫長，假期可以長達三個月，孩子開心，家長苦笑。有一年，兒子的學校甚至連六月都撐不到，在五月三十一日就放假了，想到要熬到九月才開學，全校爸媽一片哀嚎。暑期時，學校完全關閉，沒有暑假作業、安親班、補習班，那麼，美國孩子在暑假都做什麼呢？過夜營隊（sleep-away camp）就是一個很受歡迎的選擇。

　　既然兒子想去山裡過暑假，我便著手幫他尋找合適的營隊，經過多方打聽，最後選了一個位在紐約州 Adirondack Mountains（阿迪朗達克山脈）的營隊。很多人聽到紐約，都會直覺的聯想到人車爭道的紐約市，事實上，紐約州有名聞遐邇的尼加拉瓜大瀑布、綿延的高山、葡萄園酒莊、大片的農場等自然景觀，紐約市只是紐約州的一個城市。

　　營隊在深山裡，離家有五個小時的車程，營區內有一個浩蕩如洋的大湖，營隊提供射箭、木工、劍擊、各式球類及水上運動，還有多項藝術和山野活動。營隊活動期間不准孩子使用手機、電腦，爸爸媽媽想聯絡孩子，只能打電話給營隊老師請老師傳話，並且，除非是緊急事件爸爸媽媽才能跟孩子通話。這樣的作法是希望鼓勵孩子學習獨立，但是，我倒覺得營隊是在訓練爸爸媽媽學習獨立。為了讓家長放心，營隊每天都會在網站上發布營隊照片和影片，家長只要登入帳號，就可以了解孩子在深山的生活。

　　既然沒辦法用現代人的方法聯繫，我就讓文文給深山裡的哥
哥寫一封家書：

親愛的哥哥：

你好嗎？我很好，因為我要睡在你的床上。

那裡的天氣怎麼樣？每天過的很開心嗎？

你每天在玩什麼？好玩嗎？對了，我有很好

的事情要告訴你，你不能看電視和不能玩

CALL OF DUTY (BLACK OPS)* ，可是姐姐

有玩！！我有送東西給你！！再見

　　　　　　　　　　　　　　　　　　文文上

Adios Amigo !

HA!! HA!!

* CALL OF DUTY: BLACK OPS（中文譯作《決勝時刻：黑色行動》）為一款電動遊戲。

　　文文在信中，除了問候哥哥、報告自己的居家生活，也小小的揶揄了哥哥無法看電視和打電動的「損失」，同時也在信中告訴哥哥，她和姐姐要郵寄一個「care package」給他。「care package」是美國夏令營提倡的一種家庭互動方式──家人可以為參加夏令營的孩子準備零食包裹，郵寄給孩子。老大 Alex 才出發兩天，老二和老三就到便利商店挑選了一些哥哥平常愛吃的小點心，附上親筆信，一併裝在包裹裡寄出。

　　文文在這封信的末尾還用西班牙文寫：「Adios Amigo！」（中文是「拜拜，麻吉！」），並調皮的加上「HA!! HA!!」（哈哈）作為結語。三個孩子在學校學西班牙文和法文，所以他們在日常生活中也常運用不同的語言，另外，文文想到她使用的是中式信紙和信封，所以在信的結尾處工工整整的署名「文文 上」。

　　三個孩子的感情從小就很好，手足之情隨著年紀漸長更親密，使用多種語言溝通的習慣也沒有變過，唯一不同的是，彼此之間傳達關心的媒介從當年的手寫信變成手機訊息。我們母子四人至今傳訊息仍使用中文，中文已成為我們的密碼，象徵著我們對雙語教育數十年如一日的堅持。到了今天，我們母子的情感透過語言緊密聯繫在一起。

●————— 英文書信 DIY！ ——————●

　　寒暑假時，爸爸媽媽可以鼓勵孩子寫信給親友來連絡感情唷。

Dear _____ (name)：

How are you? I am doing very well. This summer,
I am going to learn to play _____①_____ and
_____②_____ .

How about you? What are you doing this summer?
Are you playing _____①_____ or will you ____②____ ?

I hope we can see each other soon!

Happy Summer!

XoXo

_____ (name)

① soccer, basketball, badminton, volleyball, etc.

② travel, go hiking, play with friends, etc.

親愛的 _____（朋友的名字）：

你好嗎？我很好。今年夏天，我要學

_____①　和 _____②_____ 。

你呢？你這個夏天要做什麼？你打

_____①　還是 ____②____ ？

希望我們能很快見到對方！

祝你有個快樂的夏天！

ＸＯＸＯ

_____（署名）

①足球、籃球、羽球、排球等。

②旅行、爬山、和朋友一起玩等。

文文寫給哥哥的「家書」。

會三種語言的文文自然的混用中文、英文、西班牙文，多語學習、同時體驗多元文化，生活也更豐富了！

閱讀創作篇

時序終於來到暑假了！美國學校在暑假一律關閉，學生沒有暑假作業，不用參加暑期輔導，老師也全部休息，唯一的例外是孩子要大量閱讀「課外書」。學術界早就證實了閱讀能增進孩子的語言和思考能力，所以大量閱讀是美國的英文課程重點，到了暑假，更是要孩子好好的「lost in the books」！

七月的雙語生活提案是運用書籃、書架、雜誌架、書袋創造閱讀的機會和氣氛，讓孩子沉浸在書本的國度裡。漫長暑假也是讓孩子練習寫作的好時機，寫作不但可以讓孩子更喜歡語言，也能讓孩子有「當作家」的自信。

八月除了討論選書的方法，我也想在本書的最後，為爸爸媽媽加油打氣——我以自己的經驗為例，我的孩子除了中英文，在學校學西班牙文和法文，我不會西班牙文和法文，所以了解父母的為難，我提供了一些爸爸媽媽可以幫助孩子學英文的原則和方法，就算我們的英文不夠好，還是能幫上忙的！

祝福大家暑假開心！

七月
營造閱讀環境

　　美國英文課程沒有固定的教科書，而是大量閱讀我們所謂的「課外書」。除了學校的圖書館，每個教室都有自己的小圖書館，每個教室圖書館藏書平均可達 3000 到 5000 本。郝明義先生在大作《越讀者》中有一個妙喻：教科書是維他命，參考書是類固醇，大人眼中的「課外書、閒書」其實才是富有均衡營養的食物。我們都知道身體的營養主要來自各類食物的養分，維他命只是用來補充不足，類固醇則根本不屬於正常飲食。但是，郝明義先生指出：我們的教育不但沒給孩子均衡營養，還用維他命代替正餐，更鼓勵大量服用類固醇。當我讀到這裡，真的是心頭一驚，感觸良多。

　　美國的語言教學採用大量閱讀的模式，「課外書」就是課程的主軸、知識養分的來源，這點和郝明義先生的觀點不謀而合。我非常同意美國教學重視閱讀的做法，孩子每天的英文功課包括讀 30-45 分鐘「課外書」；培養了大量閱讀的習慣後，孩子有空就看書，到了假期，老師更鼓勵孩子持續閱讀，學校圖書館館員也會準備書單給孩子參考。

　　在家裡如何營造閱讀環境？該怎麼擺設書籍才能讓孩子更願意看書呢？我的做法是在家裡各個角落擺放書籃，我喜歡妝點書籃：白色的小籃子內襯粉紅色格紋布、原木色籃子配墨綠布塊，漂亮的籃子內放著各類書籍，方便孩子拿取，也養成了他們收納的好習慣。我也會設定不同的閱讀主題，不時替換籃中的書，變化出「魔法世界」、「自然探索」、「人物傳記」、「科幻小說」、「寓言故事」等各種不同主題的書籃，讓孩子驚喜連連。

　　除了書籃之外，雜誌架也是我們家陳設書籍的亮點，雜誌架上的書大方展現設計精美的封面，可以立刻吸引孩子的目光，相對於藏在書櫃只露出書背的書而言，雜誌架上的書更能引起孩子閱讀的興趣；雜誌架也很節省空間，家裡只要有一面空牆，就可以擺放一個雜誌架。

　　暑假中帶孩子出門的機會增多，書本也可以跟著孩子到處出遊！我帶孩子出門時，會讓孩子們準備自己專屬的小背包，背包裡裝幾本書，坐地鐵等車、在餐廳等餐、公園等人時，孩子就不會無聊難耐，追問著：「還有多久？」孩子一本看完再接一本，中文書看完看英文書，就這樣，過了一個暑假，孩子的中文、英文也進步了。

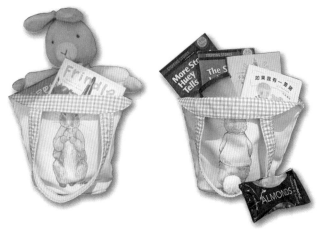

外出時，爸爸媽媽可幫孩子準備「小書袋」。

　　女兒十四歲那年，臺灣親子天下團隊來紐約採訪，在宴請團隊成員的晚宴上，女兒冒出一句：「我從來沒有學過中文，我一出生就會了！」我聽了不禁莞爾。按照郝明義先生的比喻，這十四年來，女兒雖然吃過幾顆維他命（教科書），卻沒碰過類固醇（參考書），全靠營養均衡的正常飲食（課外書）。如果我讓維他命成為她的主食，甚至服用類固醇，後果還真是無法想像。

　　每到暑假，三個孩子喜歡跟我一起待在家裡，家裡的地上、桌上堆滿了中、英、法、西班牙文書籍，陽光穿透窗外綠樹的枝椏，晶亮亮的撒落一地，我們一本接一本的讀著，就這樣度過了一個又一個夏天，孩子們也培植了生生不息的多語能力。

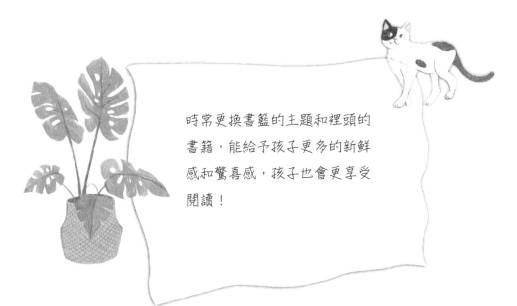

時常更換書籃的主題和裡頭的書籍，能給予孩子更多的新鮮感和驚喜感，孩子也會更享受閱讀！

七月
成為小作家

　　這幾年，「閱讀素養」是相當熱門的話題，「閱讀素養」究竟是什麼呢？**簡單來說，閱讀素養是指從文本中擷取相關資訊的能力，將自身生活經驗和文本內容做連結，或者是整合不同書本內容的能力。**

　　讓孩子透過創作來整合讀過的文本，就是養成「閱讀素養」的好方法之一。《大草原上的小木屋》(Little House on the Prairie) 是一套很有名的英文系列小說，內容講述美國早年西部一個小女孩和家人的生活。我就讀吉林國小六年級時，級任老師廖雪娥借了這套書的中譯本給我，當時的我對穿牛皮短靴、趕牛騎馬、吃培根和馬鈴薯泥，跟美國原住民打交道的拓荒生活感到無比新鮮，我讀完一本又一本，每天眼巴巴希望老師再多借一些給我看。

　　多年以後，這套書也成為我給孩子的藏書，不論是中文版還是英文版，我和孩子們念過一遍又一遍。大女兒咪咪更從《大草原上的小木屋》、《金髮小女孩和三隻熊》(Goldilocks and the Three Bears) 和《三隻小豬》(Three Little Pigs) 三本書獲得靈感，創做了中文迷你小書《小木屋》和續集《大木屋》。

　　《金髮小女孩和三隻熊》的故事大家耳熟能詳：又飢又渴的小女孩誤闖熊熊家，看到桌上有三碗粥，一碗太燙，一碗太冷，一碗不燙也不冷，她就吃了那碗溫度剛好的粥；小女孩累了想坐下，一張椅子太硬，一張椅子太軟，只有一張椅子不硬也不軟，她就選擇了軟硬適中的椅子坐下休息；小女孩想睡了，一張床太大，一張太小，只剩一張床大小剛剛好，最後，小女孩就在這張大小適中的床上進入香甜的夢鄉。

　　女兒的自創故事開場便是「小女孩吃完早ㄊㄤ……走到森林……」，與《金髮小女孩和三隻熊》雷同；女兒書中寫到小女孩想住在小男孩家，但是小男孩說：「你只能ㄓㄨ一個ㄌㄞˋㄞ，因為我在裡面會太ㄐㄩ」，這個橋段也像是《金髮小女孩和三隻熊》中的小女孩一樣，她們都喜歡「剛剛好」。

女兒咪咪的自創故事書。

咪咪的故事中隱含了《三隻小豬》的影子。

　　《三隻小豬》的故事也在女兒的故事中出現：「小女孩ㄐㄩㄝ
定要用草ㄕㄠ一ㄅㄨ小屋子，就象（像）那個小木屋。她先用了
草，但是草沒ㄅㄠ發（法）自己ㄋㄨㄥ。所以小女孩從樹上那（拿）
了一ㄒㄧㄝ樹ㄓ來做她的ㄇㄛ子。」如同豬大哥用茅草蓋的房子，
承受不住大野狼吹的一口氣……女兒在小書裡提到的草屋、樹枝
屋便有《三隻小豬》的影子。

　　女兒寫得很開心，寫完了《小木屋》，又寫了續集《大木
屋》，最後還按照美國寫作課上的作法，寫了「關於作者」的自
我介紹：「我的名字叫余孟婷。我從ㄋㄩ ㄒㄩㄝ來的。我八ㄙㄨㄟ了，
我最喜歡做勞作，因為很好玩！」寫完後，還配上自畫像供讀者
認識。這兩本書是女兒大量閱讀下的產物，也成為最受我珍藏的
系列書。

　　暑假時間長，爸爸媽媽可以鼓勵孩子嘗試寫書當小作家，一旦感受到創作的快樂，孩子對自己的語言能力會更有信心，也會更喜歡語言！

女兒在自創故事書的最後一頁，加上了「關於作者」的自我介紹。

孩子創作英文書的時候，不需要拘泥於文字、文法的正確度，英文、中文、注音符號夾雜也不是問題，家庭雙語教育的重點是讓孩子願意嘗試，爸爸媽媽不要讓寫書變成「訂正英文」的功課呵！

八月
用「五根手指原則」選書

　　「分級閱讀」的觀念及實踐是美國語文教育制度的基石，也是閱讀課程的一大重點。每個孩子的程度、興趣及學習速度不同，教科書不可能滿足所有學生的需求，所以需要程度不同的書籍來「因材施教」，配合孩子的成長與學習，因此，美國有非常細緻的閱讀分級制度，老師們對閱讀分級教學法也非常嫻熟。

　　美國孩子的義務教育從五歲開始，孩子剛入學，老師便會一對一為孩子評量閱讀程度，一對一的方法雖然耗時費力，但是確實掌握孩子的閱讀程度後，老師才能給予孩子精準的輔導；孩子知道自己的閱讀程度後，也才能選擇適合自己程度的讀物。分級系統能讓孩子循序漸進提升語文實力，老師也會密切觀察孩子的發展，隨時做調整。分級閱讀有嚴謹的學術基礎，美國老師都受過這方面的嚴格訓練，且必須持續進修，出版界也全力配合，許多出版品都設定有相對的級數方便孩子使用。

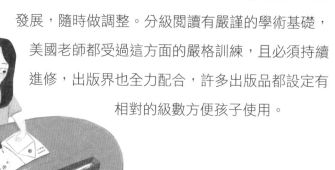

　　目前的英文分級制度有數種選擇，無論是哪種系統，都需要專業老師的鑑定，才能正確判別孩子的閱讀程度，如果沒有專業老師幫孩子做鑑定，美國有另一個供父母使用的簡單指標——「五根手指原則」。

　　「五根手指原則」是指一本書的其中一頁裡，若有超過五個孩子不認識的生字，這本書對孩子而言，便是超出孩子的能力範圍，太難了。很多爸爸媽媽會質疑——念「這麼簡單」的書，能學到東西嗎？學習不就是要越多越難越好嗎？要是沒有滿滿的紅線，滿篇的生詞，還有挑戰性嗎？

　　事實上，閱讀「很厲害的書」不會幫助孩子學英文。

　　首先，學習單字最有效的方法是經由字裡行間和上下文的脈絡來瞭解並記憶單字，這樣的記憶是長久的；如果生字太多，大腦無法應付，反而記不得。第二，生字太多，會影響孩子閱讀的流暢度，如果讀書「卡卡的」，三不五時得翻字典查單字，還會影響孩子的閱讀意願和興趣。第三，閱讀的目標是訓練理解力、思考力，如果書裡有過多不懂的單字，孩子只是生吞活剝的把一連串文字看完，「有讀沒有懂」，這樣的閱讀無法培養閱讀能力，是徒勞無益的。所以，美國學術界才會有「五根手指原則」的閱讀鑑定法。

　　另外，分級閱讀是有彈性的，孩子有時可以挑戰難度高的讀本，有時也可以讀讀比較簡單的書。還有還有，爸爸媽媽不需要要求孩子念書要從頭到尾念完，孩子可以只選擇自己感興趣的篇章來讀。我們可以想想自己讀小說的經驗：很少人會一字一句把整本小說扎扎實實的讀完，如果大人也被要求「把整本書仔仔細細從頭讀到尾！」、「奮發向上盡全力吸收！」我們一定看到書就怕。

　　只要書本適合孩子的程度和興趣，孩子一定樂於讀書，一旦養成閱讀習慣，不論是中文還是英文，孩子的語言程度想不進步都難了！

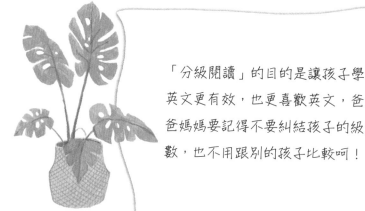

「分級閱讀」的目的是讓孩子學英文更有效，也更喜歡英文，爸爸媽媽要記得不要糾結孩子的級數，也不用跟別的孩子比較呵！

陪孩子更甚於教孩子

　　相對於臺灣孩子的學習節奏，美國更鼓勵「慢學」，不求贏在起跑點，鼓勵孩子嘗試、不怕犯錯，強調學習上的安全感和自信心。美國學校不採取「超前部署」的作法也曾經讓我擔心，但是多年來，一次次看到「慢學」賦予孩子的無窮潛力，也讓我對東西方語言教學以及教育差異產生很大的省思。

　　兒子從六年級開始學西班牙文，兩年後我們去墨西哥玩，他居然有辦法跟墨西哥當地的導遊有說有笑聊了半個小時。我不會西班牙文，不曉得他的西班牙文有多厲害，但是當我看到他談笑自如的樣子，就知道學校的西班牙文教育成功了。

　　就如同我不會西班牙文，每個家長對英文的掌握度也不一樣，不少爸爸媽媽擔心自己英文不夠好，不能輔助孩子，因此產生很多的焦慮，所以，我整理了五個爸爸媽媽最常找我諮詢的問題，希望為大家提供一些幫助，讓大家安心。

問題一

爸爸媽媽的英文發音不標準，怎麼讀書給孩子聽？會不會影響孩子的發音？

　　不要過度擔心這個問題。一天二十四小時中，我們跟孩子相

處的時間是很有限的，父母和孩子互動的語言也是以中文為主，能和孩子一起使用英文的時間更是短少，在這麼短的時間，父母要影響孩子的英文發音不是一件容易的事。如果為了影響孩子的發音，而失去和孩子一起念英文，學英文的機會，那反而是因小失大，非常可惜。

問題二　孩子的英文比爸爸媽媽好，爸媽還能為孩子做什麼？

請爸爸媽媽和孩子一起學英文！看著孩子英文程度青出於藍，爸爸媽媽一定很高興，隨著孩子的英文程度提升，爸爸媽媽可以「請教」孩子，不用覺得「好像有點丟臉」。爸爸媽媽持續學習的人生態度是孩子最好的榜樣，親子一起學習，還能增進親子間的互動！

問題三　沒有時間陪孩子念英文怎麼辦？

我完全了解在忙了一天後，大家只想休息，沒有時間也沒有力氣念書，所以要善用「零碎時間」。在我的三個孩子成長時期，我們利用零碎時間讓讀書成為日常生活的一部分，打下了扎實的語言基礎。生活中有很多零碎時間，例如等人、等車、通勤，爸爸媽媽只要讓孩子隨身帶書，就能利用這些時間讀書，另外，爸爸媽媽也可以在家裡播放英文歌曲和有聲書，讓語言自然融入孩子的生活。

問題四

爸爸媽媽可以當孩子的英文老師嗎？

語言的學習還是要交給老師。爸爸媽媽對孩子的焦慮是天生的，但是這種焦慮會造成孩子的壓力；教自己的孩子不僅會破壞親子關係，效果也不好，另外，父母並沒有受過英文教學訓練，跨界當孩子的老師並不適合，所以說，「易子而教」的古訓是有其智慧的。

問題五

爸爸媽媽如何輔助孩子學英文？

父母能做的是培養孩子對語言的興趣，給孩子一個能安心嘗試、放心犯錯的學習空間，這樣孩子會更願意學習，效果自然好。

我相信，在愉快正向的環境中學習，雙語果實自然纍纍，枝繁葉茂！

語言學習的終極目標是讓孩子有安全感、有信心並且願意學習，孩子在正向的環境中學習，雙語能力自然會開花結果！

後記

紐約晚上 8 點半，兒子已經在雲端會議室裡等我上線了！今天，又是我們的中文課時間。

三個孩子上大學住校後，仍會透過網路跟我上中文課，兒子 2021 年大學畢業後投身投資銀行，即使工作繁重，還是持續跟我上中文課。中文已經成為他們生命中不可分割的一部分了。

這是當年的我無法想像的。

三個孩子在紐約出生不久後，就有很多人告訴我：「就算他們小時候會中文，等到上學後，進入全英文的環境，中文就會不見了！」孩子正式入學後，我戰戰兢兢準備迎接「中文大崩壞」的到來，然而，到現在三個孩子都成年了，「中文大崩壞」、「中文人間蒸發」並沒有發生，我們母子四人至今仍然用中文互動、傳簡訊。

有些在海外的家長擔心孩子以後不會中文，因此在孩子上學之前，完全不跟孩子說英文，孩子上學後，卻因為不會英文，影響成績、自信心。反過來說，在臺灣有些家長因為擔心孩子英文學不好，而捨棄學齡前的中文學習，結果造成孩子對母語陌生，對自身文化定位感到困惑。

但是，無論犧牲孩子的學習自信和安全感，或是拋棄文化認同，這樣的學習方式都不長久。

隔著電腦螢幕，我跟兒子用中文聊他的工作、他的女朋友、烏俄戰爭、反核議題、性別平權……每週的中文課早已超越語言學習。能和已成年的孩子有著如此溫暖的交心時光，我好珍惜。

　　透過語言，我們母子連心。

雅寧

2022. 7. 14 寫於紐約

2021 夏威夷全家福（由右到左：老大 Alex、老三 Evelyn、作者許雅寧、老二 Ashley、先生 Raymond）

國家圖書館出版品預行編目(CIP)資料

許雅寧一年的雙語生活提案 / 許雅寧著；
蔡豫寧, Soupy Tang 湯舒皮繪 . -- 一版 . -- 臺北市：
財團法人國語日報社，2022.09
　面；　公分
　　ISBN 978-957-751-896-5(平裝)

1.CST: 英語 2.CST: 學習方法 3.CST: 親職教育

805.1　　　　　　　　　　　　　　111009638

許雅寧一年的雙語生活提案

作者／許雅寧
繪者／蔡豫寧（書封插畫及內頁大、小圖）
　　　Soupy Tang 湯舒皮（部分內頁小圖及邊框）

董事長兼社長／孫慶國
出版中心主任／章嘉凌
行銷企畫／連文杰
責任編輯／許庭瑋
美術編輯／高玉菁
校　　對／王藝蓁

出版者／財團法人國語日報社
地址／臺北市福州街 2 號
訂購電話／（02）23921133 轉 1888
劃撥帳號／00007595（戶名：國語日報社）
網路書局／ www.mdnkids.com/ebook
書店門市／臺北市福州街 2 號 1 樓
門市專線／（02）23921133 轉 1108
Facebook ／國語日報好書世界
製版印刷／亞特彩藝有限公司
定價／新臺幣 380 元
出版日期／ 2022 年 9 月一版